惡魔高校DxD
14 進路輔導的魔法師

惡魔高校D×D

進路輔導的魔法師

14

石踏一榮

ICHIEI ISHIBUMI

Kadokawa Fantastic Novels

彩頁、內文插圖／みやま零

目錄

那麼，就讓他們見識一下新生代惡魔的實力吧。

沒錯，讓他們為了和駒王學園的惡魔作對而後悔吧。

Life.0

距離冥界的魔獸騷動一陣子之後的某天早上——

「…………這裡，的確是我的房間吧？」

目前的我置身於相當難以理解的狀況，讓我不禁詢問自己。

「……呼——呼——」

「……一誠先生。」

床上傳來莉雅絲的呼吸聲和愛西亞的夢話。這和平常沒有兩樣。因為我平常就一直和莉雅絲還有愛西亞一起睡。

問題是接下來的部分。

「……一誠……再用力一點……」

說著挑逗夢話的朱乃學姊——

「……呼——呼——……」

露出肚子，睡得很豪邁的潔諾薇亞——

「……呵呵呵，天界的饅頭好好吃……」

還有把潔諾薇亞當成抱枕睡到流口水的伊莉娜。此外——

「……喵……」

像隻貓縮成一團睡覺的小貓——

「…………」

還有雙手交握放在胸前躺在床上，像個死人的奧菲斯。

現狀就像這樣，幾乎所有女生都在我的床上。

……沒錯，無論床再怎麼大，這麼多人實在不可能好好睡……床上呈現滿是女生的驚人景象。

我已經離開床了。應該說我是在地板上醒來的。我猜八成是潔諾薇亞翻身時，把我踢下床的吧。因為潔諾薇亞的右腳也在床外！

我的床上有一堆女孩子！照理來說這應該是讓人很開心的狀況……但是一想到床上沒有我介入的空間就顯得很失落、很難過……無論怎麼看，這張床上都不存在任何我可以擠進去的空隙！

我坐在椅子上嘆氣。

自從那次魔獸騷動結束之後，每天早上幾乎都是這樣。在我醒來時，女生出現在床上的比率總是相當可觀。似乎是在我、莉雅絲、愛西亞都睡著之後，睡在其他房間的女生會偷偷溜進來。

好像是因為之前我生死未卜的緣故，女性眷屬們的行動又變得更加大膽……應該說是想和我有所接觸的需求變得更加強烈吧。不過比起性方面，是從生活上的小地方開始。比方說早上上學時，女生們會開始爭奪我身邊的位置……

「一誠的身邊是我的位置，朱乃。這件事一輩子都不會有任何改變。」

「才沒有這種事呢，莉雅絲！呵呵呵，身邊可是有分左邊和右邊喔。莉雅絲占據右邊的話，左邊就是我的。」

兩位大姊姊立刻貼進我的兩旁！

「啊嗚嗚！一誠先生的兩手被搶走了，潔諾薇亞！」

「愛西亞，瞬間的鬆懈也會致命。事到至今，只剩下背後這個位置。妳覺得呢，伊莉娜？」

「還有騎在肩膀上這個最後手段！」

愛西亞、潔諾薇亞、伊莉娜她們三個因為每次都被莉雅絲和朱乃學姊這對大姊姊搭檔搶先，甚至開始研究對策。左右兩邊都被占據，還得背一個人、肩上再坐一個！在這種狀態下要怎麼上下學！

到了社團活動時間也會起爭端。看著坐在我腿上的小貓，蕾維兒終於採取行動。

「我也要坐！每次都是小貓同學，太奸詐了！」

連蕾維兒都坐到我的腿上！我的大腿感覺到屁股美妙的柔軟觸感，但是──

「──！……蕾維兒。這裡是只屬於我的位置……！」

「我、我也想坐啊。平常一直看著小貓同學坐在一誠大人的腿上，讓我羨慕得不得了！」

兩個學妹就這樣在我的腿上爭奪地盤！不僅如此──

「我、我好像也有點想坐在一誠學長的腿上……」

「吾也想坐。」

阿加，還有經常利用魔法陣來社辦玩的奧菲斯，也對我的腿上這個位置很感興趣！

女生們想要和我培養感情的舉動讓我非常高興！

不過這樣其實有點累。我的身體只有一個，無法一一對應她們的行動。

我找過阿撒塞勒老師和羅絲薇瑟商量這件事──

老師表示：

「沒辦法，你那次生死未卜讓她們陷入相當深沉的絕望，產生的反作用力也讓她們比平常更渴望你吧。我想這應該是暫時的現象，在狀況安定下來之前，你就好好陪她們吧。趁現在鍛練一下你的骨氣吧。」

羅絲薇瑟則是表示：

「現在正是考驗一誠是不是好男人的時候。話說既然你的目標是後宮王，理應趁這個大好機會，習慣同時和多名女性相處的狀況才對吧？必須平均分配和每個女生在一起的時間，不然被冷落的女生會很可憐——等等，我為什麼要認真回答這麼下流的事？是不是受到一誠和其他女生的影響了……不過我還是要說。站在教師的立場，我覺得這件事在教育方面有著不良影響。這種『胸部龍』的私生活可不能讓喜歡你的那些小朋友看見。」

被她訓了好長一串……但是在標題是「胸部龍」的作品開始流行時，我就已經很懷疑冥界的教育、養成系統了……！

……不過我發現一個在成為後宮王的道路上，必須克服的嚴重問題。每次被捲進女生之間的競爭當中，我就會立刻驚慌失措。

我也找經常在學校裡被捲入普通女同學之間的競爭的好友——木場商量這個問題。

「大概……只能慢慢習慣吧。這個意見實在沒什麼參考價值，不過女生們在自己眼前爭先恐後時，我也相當困惑。但是只要多看幾次這樣的狀況，就會一點一點發現該怎麼解決喔？我的做法是能做的事就盡可能回應她們，辦不到的事我會拒絕。比起模稜兩可的回答，斷然拒絕才是對自己和對方都好的做法。」

他如此建議我！真是太有型了！連內心都這麼有型！經歷過許多女生向他告白，又都誠心誠意拒絕他們的型男說出來的話，果然與眾不同！

我也很想拒絕自己辦不到的事……但是一看見神祕學研究社的女生憂傷的表情……我就無法堅定拒絕！總是會想辦法去做！

可是在那之後，木場那傢伙也說了。

「對了，一誠同學。你願意和我一起吃午餐嗎……？我試著作了幾道適合當便當配菜的料理，非常希望你可以嚐嚐看……」

——喂！一個大男人不要拒絕女生反而來纏著我好嗎——！不選女生而來找我是怎麼樣！拜託別這樣！最近身邊的雄性指數有點過高，我感到很害怕！

應該說右邊的女生有什麼需求就想回應、左邊的女生有什麼需求也想回應，我這個人就是這樣！即使身體撐不住也一樣！只是我的本事不足以解決她們的需求！一方面也是因為女生們的力量太強大！

即使那會破壞羅絲薇瑟所說的平均分配，我也……！

偶爾得拿出斷然拒絕的勇氣！後宮王也需要這樣的特質嗎？

坐在椅子上看著床上的女生，我抱頭苦惱！要解決的問題也太多了！

不過床上睡滿女生的畫面真是養眼……朱乃學姊和潔諾薇亞的睡衣都很凌亂，大半個胸部跑出來見人，大腿更是暴露，像是在叫人好好欣賞！

更何況莉雅絲和朱乃學姊是穿著半透明的性感睡衣！透過布料可以看見尖端的部分！真是太感激了！

平常朱乃學姊就寢時都是穿夏季和服，所以半透明的性感睡衣看起來更加耀眼！非常適合！胸部豐滿的女性配上性感睡衣，果然能發揮非常驚人的破壞力！

話說潔諾薇亞上半身是襯衫，下半身……只有內褲！潔諾薇亞的小褲褲！一大早就看見養眼的東西。

伊莉娜穿的是一般的睡衣，愛西亞也一樣。看來教會人士基本上都是穿著睡衣就寢。這樣當然也相當可愛。

小貓今天也穿上睡衣！上面印有貓咪圖案，非常惹人憐愛。

最後是奧菲斯。這傢伙也是睡衣，是黑色的……至於為什麼會跑來這裡睡，有部分原因應該是模仿大家吧。

自從奧菲斯住進這裡之後，就一直跟在我和大家後面到處跑，無論我們做什麼都會有樣學樣。

簡直像個腦袋空空的幼兒。她果然很純真，也因為這樣容易上當受騙。難怪瓦利會想保護她。

強大又純真，容易上當受騙。如果她因為受騙遭到恐怖分子利用，導致世界的均衡因此崩潰也不足為奇。

所以她會和大家一樣睡在我的床上，也只是因為大家都睡在我的床上所以跟著照做吧。好吧，一方面也可能是因為她喜歡黏著我……

叩叩。忽然有人敲門。

「早安，一誠大人、莉雅絲大人、愛西亞大人——幾位醒了嗎？」

是蕾維兒的聲音。這麼說來，蕾維兒不在這張床上。

「啊啊，請進。」

聽到我的回答，蕾維兒開門走了進來。看見床上的狀況，她瞪大眼睛：

「好、好誇張的狀況……昨天晚上就是這個狀態嗎？大家完全沒發出任何氣息呢……我也想參加……」

在驚訝的同時，她好像還有點後悔。不，床上已經擠滿人了！我要睡哪裡？地板上嗎？床上睡滿女生，但是身為房間主人的我只能躺在地板上乾瞪眼，這已經超越生不如死，進入讓人不知道該如何反應的新世界吧！事實上我現在就已經不知道該如何反應！

「……呼啊————……」

蕾維兒的出現似乎吵醒了莉雅絲。她睡眼惺忪地看著我和蕾維兒——還有床上的狀況。

「……床上真的很誇張呢。」

看著睡在床上的眷屬女生，她不禁苦笑。蕾維兒走過去準備搖醒床上的小貓時，突然像是想起什麼開口：

「對了，莉雅絲大人。您不是說魔法師們的契約，還有吸血鬼差不多該來了嗎？」

對啊，沒錯。莉雅絲不久之前說過「差不多到了和魔法師談契約的時期。另外還有來自吸血鬼方面的訪客。」之類的話。魔法師的事姑且不論，吸血鬼訪客是怎麼回事！難道……是和加斯帕有關的弗拉迪家嗎？

正當我歪著頭一臉疑惑時，莉雅絲在我身邊說道：

「蕾維兒，有關魔法師的事，就請妳協助一誠了。全靠妳囉，經紀人。」

聽到莉雅絲的話，蕾維兒挺起胸膛，用力點頭：

「包在我身上！身為赤龍帝的經紀人，我，蕾維兒．菲尼克斯會精挑細選出配得上一誠大人的魔法師！」

喔喔，聽見嬌小的學妹說會為了我而努力，還真的有點開心！有個經紀人，讓惡魔資歷尚淺的我相當感激。事實上在準備中級惡魔升格考試時，蕾維兒就起了非常大的作用。

不過挺起胸膛的蕾維兒……的胸部。明明體格嬌小，胸部卻頗為突出，太了不起了！

莉雅絲沒有理會看著學妹的胸部入迷的我，繼續說道：

「先把大家叫起來吃早餐吧。」

我們的一天就此開始——正當我如此心想時，蕾維兒後方冒出一個出乎意料的人物。是名身穿和服的黑髮美女。

「哈囉♪我來叨擾喵。」

——！是貓又大姊姊——！

「黑、黑歌！妳、妳怎麼會在這裡？」

就連莉雅絲也因為黑歌的出現大吃一驚。背後突然冒出一個人也讓蕾維兒直呼「什、什麼時候出現的！」嚇了一跳。

「啊，大家好。我也來打擾各位了。」

黑歌身後出現頭戴尖帽的魔法師——勒菲。喂喂，瓦利隊的女性成員都跑到我家來了！

難、難道，瓦利他們也……？

「瓦利他們沒有來喵。」

黑歌如此說道，像是看穿我心中的想法。啊，他們沒來啊。我可不想一大早就和宿敵見面。那個傢伙原本對我有興趣了！無論是木場、塞拉歐格、曹操、瓦利，為什麼我非得這麼受男人歡迎不可？我不需要雄性指數！我只想要女生——！

「……姊、姊姊。妳為什麼在這裡？」

大概是因為聽見黑歌的聲音醒了，小貓揉著眼睛從床上爬下來。

「什麼為什麼，是白音說想要向我學習術法我才來的。妳應該要感恩喵。啊，還有我們占據了一個空房間。多多關照～～♪」

多多關照～～什麼啊！占據空房間？好、好吧，我們家地上有六樓，所以空房間是很多！但是妳們也別擅自住進兵藤家好嗎！

我不禁抱頭苦惱。勒菲戰戰兢兢地舉手：

「還、還有，聽說各位可能會和魔法師打交道，所以我想冒昧待在這裡當各位的顧問……會不會打擾到各位啊？」

這、這樣我是很感激啦……

莉雅絲嘆了口氣：

「說什麼打擾不打擾的，妳們是白龍皇那邊的人，為什麼會在我們的家裡？這裡等於是敵方陣營吧？」

黑歌大步走進房間，摸摸莉雅絲的頭：

「開關小妹何必想得這麼複雜喵——就是因為這樣，該跑進腦袋的能量才會從胸部冒出來喔？」

黑歌一邊撥弄莉雅絲的胸部一邊開口。莉雅絲揮開黑歌的手：

「用不著妳多事……話說開關小妹是什麼……！……啊！難道妳之前過來這裡的時候，已經做了轉移魔法陣的標記？」

「答——對了♪多虧有標記，我們可以瞬間來到這裡喵。隨時都可以使用這裡的大浴場囉。」

先前過來我家的時候，黑歌還動了這種手腳啊。總、總覺得他們躲在吉蒙里家時搞不好也做出同樣的事，太可怕了……只好相信不至於發生最壞的狀況了。

這時勒菲拿出一封信，遞給疑惑的我們。

「這、這個，是阿撒塞勒前總督寫的信。」

老師寫的信？我接了過來，開封確認內容。

『瓦利隊上的黑歌和勒菲可能會經常過去打擾你們，請你們多多關照囉♪反正她們也不會做什麼壞事，你們就和她們兩個好好相處吧。你們最尊敬的阿撒塞勒筆』

「真是的！又這樣自作主張！」

我把信紙扔在地上。這種時候也只能嘆氣了。老師也太寵瓦利隊了吧……我們好歹也是宿敵耶？

「我們也只會偶爾過來，別太介意囉。沒問題吧，開關小妹？我會好好鍛練白音喔♪」

黑歌雙手合十，眨了一下眼睛拜託。

莉雅絲扶著額頭開口：

「……隨便妳們。不過相對的，妳要好好指導小貓喔？還有，有需要時妳也得助我們一臂之力。這也是等價交換，惡魔就該有惡魔的樣子。」

所以她們兩個偶爾會過來我這裡就對了……

看來兵藤家又變得更熱鬧了。

Life.1 今天依然是惡魔。

最近這陣子，我不禁覺得校園生活非常開心。

或許是因為經常有強敵來襲吧。而且又遭遇到肉體毀滅這種人生當中幾乎不會發生的事，大概也是一大因素。

就連平凡的上課時間，都讓我覺得好和平。明明在轉生前上英文或數學課時，心裡只想著「能不能快點下課啊——」呢。

說真的，和平才是最棒的。白天過著普通的校園生活，深夜努力從事惡魔的工作，我只想就這樣結束平凡無奇的一天。

……好吧，和去年的我相比，惡魔生活也已經夠異常了……只是有一堆更加異常的事情找上我……

這是怎麼回事，又是惡神又是舊魔王的後裔又是神滅具（longinus）！放過我好嗎！我只想和莉雅絲、愛西亞她們每天過著笑聲不斷、偶爾有點色色的生活，光是這樣就夠了！戰鬥只要有排名遊戲就夠了！

……不過我之所以能夠這麼快就升格中級惡魔，也是因為有敵人來襲就是了……

……照這個步調進行下去，成為上級惡魔也不是夢想吧。

阿撒塞勒老師也已經告訴我，要我開始思考「成為上級惡魔該有怎麼樣的心態，還有升格之後的出路」之類的。

在下課時間裡，我眺望窗外的天空。

……出路啊。不過說得也是，我現在是高二，也已經冬天了。不久之後要請家長到學校一起商量出路，進路志願調查的表格也已經填好了。

身為人類的出路——是升學進入駒王學園的大學部。這個只要我沒出太大的紕漏就不會有問題。再來就是身為惡魔的出路……

後宮王！這是理所當然的，但是我也得決定具體的生涯規畫。

首先是以實現莉雅絲的夢想為目標，向前邁進！莉雅絲想成為排名遊戲的冠軍。為了支持這個夢想，在莉雅絲正式參戰之後我也要全力奮戰。

這就是我身為莉雅絲的眷屬的生涯規畫。還有另外一個。等我成為上級惡魔之後，該怎麼辦——

得到惡魔棋子（evil piece），自立門戶。主要的內容大概就是這樣……只是細節的部分還沒決定，只有模糊的概念……

阿撒塞勒老師說過，要我先準備自立門戶時所需的資金。如果想要擁有自己的眷屬、自己的地盤，就必須作好足以養活自己的僕人的準備，否則沒有意義。老師的話讓我體認到這個現實。

錢啊。我也不是沒錢。吉蒙里家靠「胸部龍」賺到的錢有一部分——著作權部分的利潤是匯進我的帳戶。

惡魔用的帳戶。在我變成惡魔時，莉雅絲就幫我準備好了。每個眷屬都有自己的帳戶，惡魔工作的所得都會存進這裡。以我來說，除了工作所得還會加上「胸部龍」的著作權費。

至於帳戶金額的數字相當可觀……葛瑞菲雅說高中生要運用這麼一大筆錢還太早，所以目前仍然是由她幫我管理。我也覺得那麼多錢會讓我的金錢觀大亂，因此葛瑞菲雅願意替我管理，讓我非常感激。

自立門戶的時候，我就拿那筆錢當資金！也不知道只靠那筆錢夠不夠，總之還是應該趁現在多賺一點為妙！

不過木場的師父——沖田先生也告訴我一個轉生惡魔的處世準則。

他說原本是人類的轉生惡魔，總是很容易過於躁進。

因為可以活很久，所以要是在很前面的階段就為了達成目標全力衝刺，剩下的時間會多到不知道該怎麼辦。

到時候很容易產生類似倦怠症候群的狀況，使得情緒起伏變得貧乏。他說轉生惡魔的動作應該更慢一點、更腳踏實地，好好享受身為惡魔的生活，才能活得更順遂。

要是太早成為後宮王，我也會陷入倦怠嗎……？關於這點還很難說，不過假設我可以活一萬年，要是只花了一百年、一千年就當上後宮王的話……

……說得也對，這樣應該會覺得剩下的人生相當漫長吧。為了避免這種情形發生，先找一堆目標、夢想也不會有什麼損失。我也想參加排名遊戲，也想獲得頭銜！

不過這些都得等到成為上級惡魔才行。我覺得現在得先實現眼前想做的事，才能夠追求下一個夢想或野心。只要活著，總有辦法找到其他想做的事！不，我一定會找到！

嗯！我好像知道現在該實現的目標是什麼了！

我要以莉雅絲的眷屬的身分活下去！並且為了將來的夢想盡可能多賺點錢！

這樣不就好了嗎！很好！既然想通了，我也該過我平穩的校園生活！

正當我一個人擺出勝利姿勢時，有人用力拍我的頭！

「好痛——！誰啊？」

我轉過頭去——看見松田和元濱！不知為何，他們氣得渾身發抖。

松田質問我：

「你這個傢伙！聽說一年級的蕾維兒．菲尼克斯也和你走得很近吧！」

蕾維兒？

「嗯？喔，對啊，我在她轉進這間學校之前就認識她了。她的家人也向我打過招呼，所以我才會照顧她。」

我之前每次去冥界都會遇見蕾維兒，菲尼克斯家的女主人也請我多多關照。更何況她現在是我的學妹，當然要好好照顧她。不過現在的蕾維兒是我的經紀人，反而是她在照顧我。

聽到我的話，元濱不由得發抖。

「連、連家長都認可了嗎……這是怎麼回事……愛西亞、莉雅絲學姊、姬島學姊，還有塔城小貓和潔諾薇亞和伊莉娜……全部都是這間學校的女神和偶像啊……！然、然後就連蕾維兒．菲尼克斯也淪陷了……！」

「你們可以不要再做出這種反應嗎？光是在旁邊看就覺得膩。」

好色眼鏡女桐生一邊開口一邊走近。桐生瞇著眼睛繼續說下去：

「雖然這麼說好像也不太對，不過俗話也說美女總是容易喜歡怪人，所以一定是兵藤的怪異行為，有什麼地方吸引她們吧。」

怪異行為是怎麼樣……！好、好吧，與我有關的事件的確經常發生很多奇怪的事！

「啊——原來如此。」

兩個笨蛋拍了一下手，輕易就被說服了！可惡！居然莫名奇妙地被說服是怎麼回事！

不過松田還是抱頭大喊：

「不，這樣還是不合理！如果真是這樣，我和元濱同樣也是好色的笨蛋，應該也會得到什麼好處吧！」

「松田說得沒錯！我和松田身邊完全沒有任何和美女有關的攻略條件啊！這是怎樣！到底是怎樣啊————！」

元濱也流淚控訴。

「好了好了，一定是攻略條件都被兵藤達成了。也就是說，那個傢伙遠比你們還要好色、還要笨，死心吧。懂了嗎？」

桐生摸摸松田和元濱的頭，如此安慰他們。

臭桐生！哪有人這樣安慰人的！我有那麼好色又那麼笨嗎！…………我、我是沒辦法否認啦！但是如果真是因為這樣才能和莉雅絲她們打成一片的話，我很榮幸！

「真希望松田和元濱也能得到主的慈愛……」

潔諾薇亞露出憐憫的眼神。

「我下次試著拜託米迦勒大人好了。」

這樣好嗎，伊莉娜！米迦勒先生的眷顧那麼珍貴，用在這兩個傢伙身上好嗎？

「松田同學、元濱同學，你們下次要不要來望彌撒？即使遇到令人難過的事，只要和大

家一起共度時光，心情應該也會好一點。」

愛西亞——！妳不自覺就開始傳教囉！

就在我窺見教會三人組和我們的文化差異時，一旁的桐生盯著我看，眼鏡閃了一下。

「對了，兵藤。那個傳聞是真的嗎？」

「什、什麼傳聞啊？」

「聽說你直接稱呼莉雅絲學姊為『莉雅絲』，直呼她的名字。」

桐生此話一出，教室裡面所有同學的視線全都集中在我身上！

大家的眼神都充滿好奇，還有人開始說些「這麼說來，確實是有這種傳聞。」、「還好她問了，我也很想知道！」之類的話！

真、真的假的！學校裡面有這種傳聞喔？啊，我好像曾經在學校裡毫無警覺地直接稱呼莉雅絲為「莉雅絲」！那個時候有人看見了……？真是一點也大意不得！

我明明跟莉雅絲說好要公私分明，在一般學生有可能看到的校園生活要叫她「社長」的，結果我卻出包了？

正、正當我思考著該如何回答時——

「一誠同學、愛西亞同學、潔諾薇亞、伊莉娜同學，我想找你們討論放學後的事——」

木場出現在教室門口！時機正好！

「好、好啊！木場！我馬上過去！好，大家一起走吧！」

我推著愛西亞她們的背，快步離開教室！

「等一下，兵藤！結果到底是如何？」

桐生啊，我可不能回答這個問題！我是很想說，但是一說出來會成為全校公敵！請讓我們低調交往吧——！

○●○

當天放學後——

我們神祕學研究社成員在社辦集合。開完教職員會議的羅絲薇瑟則是稍微晚了一點過來會合。

確認我們都坐在沙發上後，莉雅絲站了起來，望著我們說道：

「那麼各位，今天請你們在這裡集合不為其他事——之前也和各位提過要和『魔法師』簽訂契約，從今天開始進入簽約期間。」

——和魔法師簽訂契約。

我吞下一口口水，開始回想。惡魔和魔法師之間的關係源遠流長，密切深厚。那和一般人類向惡魔許願訂定的契約又不一樣。

魔法師這種人，基本上終其一生都在鑽研自己的魔法研究，是魔道的探求者。

黑、白、召喚、精靈、盧恩文字式、各地獨特的術式等等，除此之外還有許多形式的魔法，魔法師們從中決定自己的主題，終生致力於其中。

研究是只屬於他們自己的祕密，探究方式也是因人而異。

那麼說到魔法師和惡魔的關係——

莉雅絲繼續說下去：

「魔法師和惡魔訂契約的理由大致有三種。第一種是當保鑣。在發生什麼萬一時，只要背後有強大的惡魔撐腰，被捲進紛爭裡也很容易和對方和解。」

「簡直就像黑道。」

聽到我的說法，莉雅絲也說聲「就是說啊。」苦笑回應。

接著莉雅絲豎起兩根手指：

「第二種，為了得到惡魔的技術、知識。說穿了就是想要冥界的技術形態。那些在魔法師的研究當中能夠發揮相當的效力。」

如果只是為了那些，直接去冥界取得想要的東西，或是透過其他陣營也可以弄到。

但是其他方式的風險好像都很高。前者是因為前往冥界的手段相當有限。別看我去冥界那麼輕鬆，那是因為我是「上級惡魔吉蒙里」的眷屬。通往冥界的路程沒有那麼輕鬆，不是惡魔的魔法師無法輕易前去。

因為是惡魔眷屬，所以能夠往來於人類世界和冥界之間的說法在某些狀況也有問題，例如「離群惡魔」等。

我在暑假時第一次前往魔界時也在列車上進行登錄。如果只是一介魔法師，似乎會被提出更嚴苛的要求。聽說如果是足以名留魔術師歷史的人。就能夠拿到前往冥界的通行證，但這也是相當困難的條件。

換句話說，惡魔和墮天使以外的人想去冥界沒有那麼簡單……瓦利之類的傢伙能夠出其不意地出現在冥界，是因為他們強得異常。

不過從這個層面來說，魔法師裡似乎也有能單憑自己的強大轉移魔法侵入冥界的人……但是魔術師協會和惡魔都視這種人為危險的異端分子。瓦利當然也一樣，透過非正規手段入境總是不太好。

接著是後者，也就是「透過其他陣營弄到想要的東西」由於這個方法得支付相對的仲介費，價格更是會翻上好幾倍。如果想要的知識技術非常珍貴，需要付出的搞不好會是畢生研究得到的財富——也就是所有財產。

比方說不死鳥的眼淚。這在冥界原本就是高級物品，對於一般的魔法師而言，更是冠上十個超也不足以形容的稀世珍寶。

因此和惡魔簽約，直接進行等價交換才是比較便宜的方法。不過儘管如此，交易價格還是相當昂貴。

莉雅絲豎起三根手指：

「最後一個很簡單，是為了提升自己的身分地位和惡魔簽約。光是能和強大的惡魔簽約就是重大的資產。我的父親大人和母親大人也都和魔法師簽約喔？魔法師有什麼事時，會召喚他們進行諮詢。身為上級惡魔以及眷屬，這是義務之一。」

沒錯，由於身為上級惡魔吉蒙里家之女的莉雅絲已經成長到適合年齡，以莉雅絲為首的我們吉蒙里眷屬惡魔，也進入和魔法師簽約的時期。這就是我們這次在此集合的理由。

潔諾薇亞偏著頭，看起來心情很複雜：

「沒想到我會變成受魔法師召喚的一方，人生真是有意思啊。」

就是說啊。我也這麼覺得。之前完全沒有想過自己會變成說「哼、哼、哼，召喚我的魔法師就是你嗎？」這種台詞的一方。

莉雅絲不禁苦笑：

「是啊。和異能有關的人類，照理來說是召喚的一方。受到召喚的一方應該是惡魔和魔物。正因為如此，我希望大家重視契約。契約一旦成立，就無法輕易反悔。簽約之後可得好好工作喔。但是如果和程度太低的對象簽約，反而被懷疑我們的品格。大家要慎選最棒的交易對象。對於魔法師而言，契約或許是異能研究的延伸，對我們惡魔而言，這也是業務。以一般人類為對象的契約、以魔法師為對象的契約，兩者兼顧才是惡魔。」

「是！」

我們用力點頭，回應主人的這番話。沒錯，加以兼顧是理所當然的。這是工作。身為惡魔如果無法做到這一點，想成為上級惡魔也只是天方夜譚。

以魔法師為對象的契約——

我要找到最棒的合夥人！

……不過如果可以，我希望是美麗的魔女大姊姊！

『惡魔小弟，你願意實現我的願．望．嗎？』

『那當然。但是依照慣例，妳得讓我揉胸部作為契約的代價。』

『呀啊——討厭，惡魔小弟真好色♪』

…………這個好。這種業務合夥人真是太棒了……！

「……學長剛才在想下流的事吧？」

坐在我大腿上的小貓往我的腿擰了一下！小貓大小姐還是這麼嚴格！

就在我們如此嬉鬧時，莉雅絲看了一下社辦的時鐘：

「時間差不多了。各位，魔法師協會的高層透過魔法陣聯絡我們。大家認真一點。」

喔喔，這下可得正襟危坐。坐在我大腿上的小貓也爬下去，在我身邊重新坐好。就在我們全都在沙發上坐好之後，社辦的地板出現巨大魔法陣。

淡淡的光輝描繪圓形。

「……是梅菲斯托·費勒斯的圖樣。」

木場喃喃開口。梅菲斯托·費勒斯……？那不是屬於番外惡魔（extra demon）的傳奇惡魔，而且英雄派那個會驅使霧氣的格奧爾克的祖先曾經和他締結契約……

就在我回想這些情報時，出現在社辦裡的魔法陣投影出立體影像。

眼前的立體影像呈現一名優雅地坐在椅子上的中年男子……紅藍交雜的頭髮梳得很整齊，細長雙眼有著不同顏色，右紅左藍。身上散發的詭異氣息，感覺很像阿傑卡·別西卜陛下。表情看起來有點嚴肅。那張凝重的臉上展現笑意。

『莉雅絲小妹，好久不見了。』

他的語氣聽起來頗為輕浮……原本還以為會更嚇人，我整個人頓時鬆懈。

莉雅絲回應男子的問候。

「好久不見，梅菲斯托·費勒斯大人。」

『哎呀——和令堂一樣出落得越來越標緻了。還有妳的祖母和曾祖母也是，各個都是美人呢。』

「謝謝大人誇獎。」

莉雅絲正式為我們介紹那位先生。

「各位，這位是番外惡魔(extra demon)，也是魔法師協會理事，梅菲斯托・費勒斯大人。」

『嗨，你們好。我是梅菲斯托・費勒斯。詳細資料請自行參閱相關書籍。反正世界上到處都是以我為題材的書。』

……見面第一句話就是這種高高在上的發言。

不過，原來如此。這位大人就是魔法師的領導者。沒想到會是惡魔。

坐在我身旁的蕾維兒悄悄開口：

（……和第一代格奧爾克・浮世德簽約之後，大人在他過世之後依然留在人類世界，並且順勢就任協會的領導人。）

是喔——他那麼喜歡人類世界嗎？

「那是他個人，而不是家族吧。」

我忍不住問了自己最好奇的問題。因為我沒聽過什麼費勒斯家，所以一直很想知道是不是只有一個人。

莉雅絲為我說明：

「梅菲斯托・費勒斯大人是最資深的惡魔之一，幾乎都在人類世界活動。還有他也是坦尼大人的『國王(king)』。」

——！聽莉雅絲這麼說，我嚇了一跳！

喔喔，這個人就是我始終不知道，坦尼大叔的「國王(king)」啊！

『我把自己的「皇后(queen)」棋子給了坦尼小弟。他跑來找我，表示想盡可能救助近乎滅亡的龍族。哎呀——他還真是龍王的榜樣。不過我既不參加排名遊戲，又不介入冥界的騷動，所以基本上都是讓他自由行動。』

原來坦尼大叔是「皇后(queen)」！所以大叔的整體能力才會那麼均衡囉。哎呀——沒想到會在這種場合搞清楚我一直很想知道的事。那個大叔居然是「皇后(queen)」，知道這件事讓我覺得這樣很可愛。

蕾維兒進一步補充說明：

（據說梅菲斯托・費勒斯大人和舊四大魔王陛下是同一個世代的惡魔。只是大人和他們的交情好像很不好。所以大人才會和舊政府決裂，藏身在人類世界。）

原來是這樣。話說和舊四大魔王同期？到底活了幾年？外表看起來只是中年大叔，竟然活了這麼久！

不，惡魔可以改變外貌，而且阿撒塞勒老師和米迦勒先生應該也活了差不多的歲數，外表還是很年輕。看似青壯年實際上卻是老頭的人也太多了！

大概是聽見我們的悄悄話，梅菲斯托．費勒斯大人用力點頭：

『沒錯沒錯，就是這樣。我最討厭他們了。所以我很喜歡現在的瑟傑克斯小弟和賽拉芙露小妹他們。畢竟他們多半都認同我的所作所為，不像那群前魔王，一天到晚只會要求我做這個做那個的，煩死了。不過現任魔王當中唯有阿傑卡小弟的想法和我不一樣，意見經常對立，但還不至於討厭他。』

也就是說他和現任政府的關係還算良好囉。

『莉雅絲小妹真是好孩子，願意聽老人家說話。吉蒙里家都非常善解人意，像妳的祖父、曾祖父、曾曾祖父都是。妳的祖父他們都還好嗎？已經退隱很久了吧。』

「很、很好。他們都在吉蒙里領的邊境過著與世無爭的生活。」

莉雅絲如此回答……對了，莉雅絲也有爺爺。這也是理所當然的事。之前聽莉雅絲說過，在繼承人交接時，現任宗主會將一切託付給繼任宗主，過起隱居生活。

莉雅絲也已經思考退隱之後的事，表示想住在日本。都還沒當上宗主，就已經想到那麼久以後的事了。當然了，那應該是在當上宗主、實現所有夢想之後的事吧。話說那不知道是幾百、幾千年後的事……到時候日本不知道會變成怎樣？我完全想像不到。

接著莉雅絲和梅菲斯托．費勒斯大人開始聊起往事、閒話家常、最近的魔術師業界等各式各樣的話題。

「那麼，梅菲斯托・費勒斯大人，您已經和蒼那談過了嗎？」

『還沒，很遺憾，她那邊要延後了，莉雅絲小妹。她說想先去迎接新眷屬再和我談，所以先找你們。題外話，塞拉歐格・巴力小弟和絲格維拉・阿加雷斯小妹都談完了。』

「這樣啊。蒼那的新眷屬，我也聽她提過。」

——

聽見他們兩位的對話，我嚇了一跳。會長的眷屬要變多了嗎！我聽說她找到人選，原來終於要加入啦！真是令人期待！

聽說新成員是「城堡（rook）」和「騎士（knight）」。是同所學校的人嗎？我們學校有很多異能業界的學生，所以我才會這麼想。

『哎呀——你們「新生代四王（rookies four）」在我們的業界和其他業界都很受歡迎。所以下面的人一直催我快點和你們談契約，急得不得了。』

（新、新生代四王是什麼？）

聽見陌生的詞彙，我忍不住詢問蕾維兒。

（是最近才創造的說法。用來總稱塞拉歐格・巴力大人、絲格維拉・阿加雷斯大人、莉雅絲大人、蒼那大人等四位新生代惡魔。大家都說這是近年少見的豐收世代，出了這麼多不同凡響的新人。以尚未成熟的新人來說，莉雅絲大人和一誠大人這一代在冥界的歷史當中也是相當超乎常軌的世代喔？）

這、這樣啊……我們是這麼厲害的世代啊……也是，像木場還有塞拉歐格都很強。

——這時有人走進社辦。是阿撒塞勒老師。

「抱歉抱歉，只有我一個人因為開會拖太久而晚到。喔，這不是梅菲斯托嗎！」

看見魔法陣投影出來的立體影像，老師立刻露出笑容打招呼。對方看見老師，也帶著笑容舉手致意：

『哎呀哎呀，阿撒塞勒。好一陣子沒見了。我先和莉雅絲小妹聊了一會兒。』

「啊啊，魔術師協會那邊也很忙吧。先別說這個，改天要不要來找我喝酒啊？我找到不錯的酒喔。」

總覺得他們好像認識了很久。

「你們認識嗎？」

我如此詢問老師。

「是啊。認識很久了。在梅菲斯托和惡魔舊政府保持距離的那段時期，神子監視者曾經自行和他接觸。」

是喔，真是面面俱到的前總督。話說這個人好像在很多方面都有管道。

『神子監視者的情報網非常有用呢，阿撒塞勒。我到現在都還有在利用。』

「彼此彼此，梅菲斯托。站在神子監視者的立場，能夠和魔法師協會暗中往來也沒有壞處。不過在三大勢力締結和議之後，也不需要保密了。」

接著兩位就拋下我們，開始自顧自地聊起各種業界話題。

「什麼！真的假的！拒絕同盟的那個神話體系找你們交涉？」

『正確的說法，好像是有人在追究上次那件有關龍的事，所以才針對這件事找我們談過，就只是這樣。還是別太期待可以結盟比較好。基本上他們也拒絕和我們交流。也因為這樣，我也無法藉機從那個封閉的神話體系那裡得到像樣的資料。』

「……原來是因為那件事啊。算了，那些比較有歷史的神話體系都不把其他勢力當成一回事。即使他們手下有反叛分子對我們動手，他們也只會堅稱一概不知吧。」

『可見他們對於信徒被搶走有多麼耿耿於懷。尤其是我們這些聖經當中的天使、墮天使、惡魔，其他勢力都非常討厭。我們為了推廣信仰和傳說，不知道消滅了多少神話。目前為止表面上和我們和平相處，但是誰知道他們心裡怎麼想。也只能期待各個神話的主神大人能夠好好指導下面的人了。原則上失去原本的魔王和神之後，我們的神話體系其實相當脆弱。我們正在經歷的歷史，即使被當成是虛構也不足為奇。』

「……儘管如此，我們還是得活下去。即使神和魔王不在了，我們還是活著。」

『是啊，我也很喜歡現在的那些魔王，沒什麼好抱怨的。』

…………兩位談的內容實在是太過高層次，現在的我無法理解！

或許是察覺到這個想法，老師和梅菲斯托．費勒斯大人不再閒聊，切入正題：

『不好意思，莉雅絲小妹，我們好像聊得太久了。那麼我就透過魔法陣，將想和你們訂契約的魔法師的詳細資料傳送過去囉。』

影像的梅菲斯托．費勒斯大人一邊開口一邊伸出手指轉圈，然後指向我們這邊。於是社辦的半空展開新的魔法陣，大量的文件從魔法陣當中掉出來！

朱乃學姊和木場見狀，趕緊撿拾那些文件。我和其他人也動手搬運成堆的文件！

來自魔法陣的文件源源不絕，一波又一波傳送過來！我稍微瞄了一眼，看見類似履歷的書面。

……上面有大頭照或是畫像之類的，應該是魔法師的長相吧。還有……以惡魔文字或是陌生的魔術文字寫成的各項資料。

……這是自我介紹！此外也寫了經歷和家世之類的相關事項。還真的是履歷！附加資料也很多！

木場對看著資料的我開口：

「以前的做法我不知道，不過對於現在的惡魔來說，魔法師的契約都是先從書面審查開始喔。之後如何審查、決定人選，就是交由我們自行處理。」

書面審查！唔喔！真的假的……簡直就像是人類社會的求職活動嘛。

「不是求職活動，可以稱為契約活動吧。現在的主流已經是這樣。聽說以前曾經有過為了搶先對手大打出手、血流成河的時代。」

羅絲薇瑟抱著成堆的文件開口。為了和惡魔締結契約，以前的魔法師甚至會開戰嗎……！可見和強大的惡魔締結契約是多麼有價值的殊榮……對他們而言，這在畢生的經歷具有相當重要的意義吧。

我一邊想著這些事，一邊將傳送過來的成堆文件依照對方指定的對象分門別類。

文件最多的——是莉雅絲！到處都是文件堆成的小山！

對於這樣的結果，老師一副理所當然的樣子。

「這也是很正常的。莉雅絲是吉蒙里眷屬的『國王(king)』那些魔法師大概是覺得只要和莉雅絲締結契約，或許也能夠間接使喚你們吧。包括能夠和吉蒙里家深交的可能性，在『吉蒙里眷屬』當中，莉雅絲會最有人氣實屬當然。」

老師說得很對。和莉雅絲締結契約有很多好處。

老師接著補充：

「因此莉雅絲挑選的對象必須謹慎，一定要是個強大的魔法師。」

「我知道。我會精挑細選的。」

被莉雅絲選上的對象，一定會變成知名魔法師吧。

——然後第二多的是羅絲薇瑟！喔喔！大概是因為她很擅長魔法吧？

「原來如此，他們在魔法研究方面想要我在北歐得到的知識——也就是和世界樹有關的知識吧。」

羅絲薇瑟冷靜地分析自己得到的評價。

所以有很多魔法師想得到北歐神話的真相與知識囉。聽說北歐是魔法聖地之一，身為半神的羅絲薇瑟在這方面或許是很重要的存在。

「而且惡魔兼女武神，可不是罕見兩個字可以形容。」

老師如此補充。的確，或許是這樣沒錯。

接下來，第三多的——竟然是愛西亞！應該說有點意外嗎……不，仔細想想，她擁有能夠治療任何人的神器（sacred gear），會得到大量邀約也很正常。

「……我、我真沒想到自己會得到這麼多文件……我真的有資格嗎？」

愛西亞相當惶恐。她大概完全沒想過有這麼多人想要她吧。

梅菲斯托．費勒斯大人說道：

『恢復能力是一大利多。在任何時代、對任何人而言，治癒之力都是終極主題之一。和妳締結契約，可以得到恢復的恩惠。利用這一點致富，想必也是輕而易舉的事吧。』

說得也是。世界各地應該都需要有治癒之力的人吧。考慮到這一點，和愛西亞締結契約的好處很大。既可以用來賺錢，也可以應用在許多交易。

「愛西亞！妳要慎選契約對象喔！小心別被那些惡質的傢伙騙了！不對，我也陪妳一起挑吧！」

保護欲強烈的我非常擔心愛西亞。因為我真的很害怕！要是愛西亞上了壞魔法師的當，被用在邪惡的交易怎麼辦！

『別擔心，那些都是我們協會精挑細選出來的人選，沒有那種惡劣的傢伙。』

梅菲斯托・費勒斯大人倒是不擔心……我可不想看見愛西亞碰上什麼麻煩……

「放心吧，我和朱乃也會當愛西亞的顧問，不會讓她進行不利的交涉。」

莉雅絲苦笑開口。既然我們的「國王（king）」和「皇后（queen）」也會跟著她，那麼我也不需要擔心了。希望愛西亞能夠締結好契約……可以的話，對象是個女性魔法師就更好了。如果是男的我也會擔心！

緊接在愛西亞之後，是我↓木場↓朱乃學姊↓潔諾薇亞↓小貓↓加斯帕。結果是加斯帕最少啊。

看著我們接到的邀約數量，老師開口：

「身為『國王(king)』的莉雅絲拿到最多邀約還在預料之內。許多魔法師都認為和莉雅絲締結契約就能連帶使喚你們所有人。擅使魔法的羅絲薇瑟、擁有聖母的微笑(twilight healing)的愛西亞、赤龍帝一誠、聖魔劍木場、巴拉基勒的女兒朱乃、聖劍士潔諾薇亞，這幾個人的指名率也應該都很高。至今仍無法完全發揮力量的小貓和加斯帕雖然邀約較少，不過質比量更重要。再說指名莉雅絲等人的傢伙，應該有一大半都是無名小輩吧。在這堆文件當中，真正能夠發光發熱的魔法師想必屈指可數。」

老師真是敢說。說得也是，我也不認為這些文件當中都是很厲害的魔法師。指名加斯帕的人不多，大概也是因為還沒見識這個傢伙真正的力量吧？不過我自己也沒見識過就是了。

身為協會理事的梅菲斯托・費勒斯大人聽到老師的說法——

『哈哈哈哈，的確多半都是無名小輩。』

居然這樣回應！理事說這種話可以嗎！

『反倒是在冥界人人愛戴、屢建奇功的赤龍帝小弟的指名率沒有想像中的高。不過依然很多就是了。看來我們這邊的年輕人沒有那麼愛趕流行。』

「魔法師們重視身分地位，但是更在乎業界的面子問題。尤其是對於不怎麼優雅的事物相當嚴苛。他們大概是認為一誠的人氣太過庸俗吧。當事人也淨是創造情色招式。這大概就是文化和價值觀的差異吧。」

梅菲斯托．費勒斯大人和老師先後發言……但是我也有話要說。「胸部龍」會流行肯定是冥界比較奇怪吧！

梅菲斯托．費勒斯大人清清喉嚨之後說道：

『總之就是這樣，這次的文件已經全部傳送過去。如果看中哪個人選，再麻煩你們聯絡我囉。』

……這次？聽到梅菲斯托．費勒斯大人的發言，我不禁感到訝異。

「這次的意思是以後還有嗎？」

聽到我的問題，莉雅絲為我解答：

「是啊，那當然。這次拿到的文件不見得能決定人選，即使締結契約，魔法師又不像惡魔一樣長命——無法活過近乎永恆的時間。如果這次挑不到好對象，只要再拿新的文件就可以了。締結契約之後，如果對象壽終正寢或意外身亡，我們又會恢復自由之身，可以再次締結新的契約。」

喔喔，原來如此。是這麼回事啊。所以這次不必勉強挑出對象就對了。而且即使決定人選，對象過世之後也可以再找新的對象吧。

木場也加以補充：

「而且即使締結契約，有時候也會限定期間。例如因為對方的狀況只能訂一年的契約，也有可能因為付不出契約的代價而解約。」

定好期間的契約、因為沒有好處而解約……真的很商務。這果然也是惡魔的工作。

……在我的心中，對於惡魔和魔法師的契約有種相當奇幻而黑暗的印象。就像是在陰暗的研究室裡進行詭異的儀式，從魔法陣當中召喚惡魔，締結邪惡的契約——的感覺。實際上卻是非常商業化。

這麼一大堆文件我們也不可能自己搬回家，所以決定利用轉移魔法陣送回家裡。

在傳送的過程中，梅菲斯托．費勒斯大人對蕾維兒說道：

『那邊的女生，妳是菲尼克斯家的人嗎？』

「是、是的。我的名字是蕾維兒．菲尼克斯。」

蕾維兒很有禮貌地打招呼。嗯，她的言行舉止果然很有良家小姐的感覺。

梅菲斯托．費勒斯大人摸摸下巴開口：

『嗯……其實這是只有我們協會得到的機密情報。聽說有一群「離群魔術師」和「禍之團」(Khaos Brigade)殘存分子裡的魔法師合作，到處在找菲尼克斯家的相關人士。最近發生了很多這樣的事件。』

——！真是令人毛骨悚然的情報……莉雅絲於是反問：

「……這是怎麼回事呢？」

『不死鳥的眼淚暗中流入恐怖分子手中，這個妳們知道吧？』

蕾維兒點頭表示：

「是的。我聽說是部分批發業者偷偷進行交易。不過我也聽說那些業者已經遭到肅清，通路也恢復原狀──」

『不，黑市當中好像有人重新開始買賣，而且不是「菲尼克斯家」產的眼淚。』

『──！』

這個情報讓大家都很驚訝！真的假的！有並非來自菲尼克斯家的眼淚在市面流通嗎？

莉雅絲皺起眉頭：

「既然不是正牌貨，應該是假貨──沒有效果才對……──！難道──」

莉雅絲似乎想到什麼，梅菲斯托·費勒斯大人也點頭同意：

『妳猜得沒錯，莉雅絲小妹。暗中流通的那些眼淚具有等同正牌貨的效用。妳們看，就是這個。』

梅菲斯托·費勒斯大人手上冒出一個小瓶子……這就是眼淚的假貨？

『雖然不知道是怎麼製造的，不過有不是菲尼克斯家產的不死鳥的眼淚在流通，同時也像是在呼應這件事，離群術士開始接觸菲尼克斯家的相關人士。我想其中一定有什麼關聯。所以我認為那位小姐有可能碰上麻煩，希望妳當心一點。』

「…………」

聽到梅菲斯托・費勒斯大人的話，蕾維兒的表情也蒙上些許陰霾。

「我也會派神子監視者（Grigori）調查這件事。哎呀，沒什麼好擔心的。蕾維兒身邊有很厲害的王子，沒問題的。而且這一帶是三大勢力同盟關係的重地，周邊設有強力結界，想要進來可沒那麼容易。只要蕾維兒待在這裡，她的王子也在身邊就可以放心了。」

老師拍拍我的頭。很厲害的王子是指我嗎？好、好吧，要是有什麼萬一，我一定會保護蕾維兒到底。這是理所當然的事。

接著老師突然說出令人不安的情報：

「還有更重要的事。聽說有人試圖統整『禍之團（Khaos Brigade）』的舊魔王派、英雄派的殘存分子，還有暗中行動的魔法師。那個傢伙就是實際上的現任首領。詳細情報還要等待後續調查……但是我有不祥的預感。他們的戰力正在潰散是可以肯定的。在無法抑制戰力減少的狀態下，真不知道那個傢伙想幹什麼。」

拜託別這樣……不祥的預感多半都會成真……

話說那個試圖統整已經瓦解的組織的傢伙，到底是何方神聖？被搶走的奧菲斯的力量也很讓人在意……啊——我又要被捲進麻煩當中了嗎……拜託不要。

梅菲斯托・費勒斯大人把話題拉回來：

『不好意思，扯遠了。總之我們的魔法師就拜託你們多多指教了。希望可以成功締結契約就好了——』

於是我們和魔法師協會的理事——梅菲斯托．費勒斯大人的談話就此結束。

菲尼克斯家的事也很讓人掛心，但是我得先看過送到我這邊的文件。

看來今晚會很漫長……

—○●○—

「嗚——頭昏眼花……」

過了幾日的深夜。這天的惡魔工作結束之後，我在兵藤家樓上的空房間裡，看著堆積如山的文件。

「一誠大人，這些魔術文字已經解讀完成，請過目。」

陪在我身邊的，是幹練的經紀人蕾維兒。時值深夜，我和蕾維兒在地板上攤開文件，一份一份進行確認。

大家也都在其他房間，各自以自己的方式看魔法師式的履歷。愛西亞、小貓、潔諾薇亞、加斯帕都參考莉雅絲和朱乃學姊的意見在審查文件。

我偶爾也會下樓詢問莉雅絲和朱乃學姊的意見，但基本上在審查文件時，都是和蕾維兒討論。

嗯，與其把所有事都交給身為「國王」的莉雅絲決定，一邊聽身為經紀人的蕾維兒給我建議一邊自己挑選，也是個很好的經驗。

當然之後還是會請莉雅絲進行最後確認，但是在那之前的工作我想試著和蕾維兒一起完成。我這麼告訴蕾維兒時，她高興得不得了。

「包在我身上！我會挑選出最適合一誠大人的對象！」

而且幹勁十足。她現在也一一看過文件，拿著字典和各種資料核對各項內容。看她那麼拚命，連我也有了幹勁。

蕾維兒在文件審查設定一定的標準（主要是對吉蒙里眷屬，或者對赤龍帝是否有益），將未達標準的人毫不留情捨棄，對留下來的人便進行詳細調查。當然了，對於慘遭淘汰的人選也都做過基本調查。妳也太勤奮了吧，蕾維兒！

不、不過即使是身材火辣、面容姣好的魔女，只要未達蕾維兒的規定也會被刪掉，還真是有點可惜……

「這位男性魔法師在鍊金術方面學有專精，正在研究如何將稀少的稀土、稀金利用在魔術上。這位女性則是——」

她會像這樣將情報先行統整再告訴我，讓我也能容易理解。而且告訴我時也會顧慮締結契約之後能派上什麼用場。根據小貓的說法，她還利用下課時間，在其他人看不到的地方調查資料……她為我做到這種地步，真是感激不盡。

還有，之前聽說有人針對菲尼克斯家的人下手，相關情報也從菲尼克斯家那邊轉達給我們。聽說萊薩相當擔心蕾維兒。

我在無意之間開口：

「蕾維兒懂得遠比我還要多呢。」

蕾維兒挺起胸膛，得意地說道：

「那當然。我身為惡魔的資歷好歹比一誠大人更長。」

「關於排名遊戲等等，妳也在萊薩的身邊看了很多吧？」

蕾維兒之前是哥哥的眷屬。參加過許多遊戲也很正常。遊戲經驗甚至可以說比我們還要豐富。

「那還用說……兄長沒讓我直接參加戰鬥，但是我親身體驗過真正的戰場氣氛。」

「看在經驗豐富的蕾維兒眼裡，我們吉蒙里眷屬怎麼樣？」

經我這麼一問，蕾維兒放下手上的資料端正坐姿開口：

「如果要簡單形容，是支超重視火力的隊伍。壓倒性的超高火力，簡直不需要多餘的指示。」

嗯，我也這麼覺得。

「可是弱點也很多。要是中了技巧型對手的計，很有可能反遭暗算。」

沒錯，弱點也很多。要是中了陷阱就會瞬間潰不成軍。老師也提過這點，實際上在對抗西迪之戰裡也一直中招，對付曹操時也吃了苦頭。

然而蕾維兒對此表示懷疑：

「話雖如此，但是在我看來，這一點不管哪支隊伍都應該要害怕。只要敵方有個卓越的技巧派，任何人都會感到害怕。反過來說，面對超高火力的吉蒙里隊也是相當恐怖的事。」

——

……這倒是相當新鮮的意見。蕾維兒繼續說下去：

「而且吉蒙里眷屬，包括一誠大人在內，各位都為了彌補自己的弱點不斷切磋琢磨。老實說，現在的職業選手們對於自己的實力、戰術都過於自負，根本不會鍛鍊自己。上級惡魔原本就不喜歡什麼努力、修煉之類的事，而是重視自家的特色以及血脈相傳的才能，行動也是以此為主。如果覺得眷屬的力量不足，多半都會靠著交換來解決。當然了，也有很多上級惡魔選手對自己挑選的眷屬感到自豪。不過選手之間還是經常交換眷屬。」

原來如此，職業選手在覺得自己的隊伍不夠強時就會交換眷屬啊。所以針對排名遊戲進行修煉的概念才會無法扎根。覺得哪個眷屬派不上用場就靠交換釋出。這樣也太過無情了。應該說是對眷屬沒有愛吧。

不過或許是因為我身在特別深情的吉蒙里家，才會這麼想吧。惡魔基本上只論效率。這麼說來，迪奧多拉在提出交換時也很隨便。

見到我興致勃勃聽她說，蕾維兒更是暢所欲言：

「在這種狀況下，莉雅絲大人的眷屬卻以主人為首，各個自主進行修煉。有關這一點西迪眷屬和巴力眷屬也都一樣，但是這樣的行為在惡魔的歷史當中也算是前所未見。而且也帶來實際成果。」

對啊。我們和西迪、巴力眷屬在對抗恐怖分子方面都有拿出成果。雖然這和瑟傑克斯陛下不希望讓新生代去戰鬥的想法事與願違，但是我們的力量對冥界的確有所貢獻。

蕾維兒的眼睛一亮，堅定地說道：

「吉蒙里眷屬在我心目中的定位，比起遵照不成熟的戰術行動，不如各自鍛鍊，提升隊伍的整體均衡就夠了。如果因為戰術方面有弱點就重視那個方面，反而會妨礙各位發揮原本的能力，不如依照原本的路線加以整合。重視威力不是什麼壞事。只要鍛鍊到足以突破弱點，優點就可以彌補缺點。」

——

這樣的想法和老師還有莉雅絲都不一樣。嗯，我覺得這也是一種方法。應該說有些成員照這樣發展，反而比較容易成長吧。

……個子這麼嬌小，想的卻比我還要多。哎呀——真是個了不起的學妹。

「…………」

聽到蕾維兒的說法，我不知該如何反應。這時蕾維兒突然冷靜下來，顯得不知所措：

「不……不好意思，我真是太失禮了，說了這麼多踰越的話……」

「不、不是，我只是很佩服妳。蕾維兒真的很厲害，想的比我和潔諾薇亞還要多。妳應該很適合當軍師吧。」

她肯定是很會動腦的惡魔。和腦袋也已經練成肌肉的我還有潔諾薇亞正好相反！

聽到我這麼稱讚她，蕾維兒滿臉通紅：

「說、說是軍師太誇張了，不過我好歹也是每天都在用功！一直都在思考很多事！」

說得也是。確實如此。反而是我太不用功了……

「我也得再加把勁。不過該怎麼說，蕾維兒這麼努力，我卻沒辦法做什麼事答謝妳，真不好意思。」

這是我最真心的感受。這個女孩身為我的經紀人那麼拚命工作，我卻沒有辦法為她做些什麼。

這時蕾維兒的臉變得更紅，簡單說聲：

「……那、那麼，請、請你摸摸我的頭……」

…………我、我沒想到會聽見這種要求。

「摸頭這種小事……這、這樣就夠了嗎？妳沒有什麼其他想要的東西嗎？我是真的很感激妳喔？」

但是蕾維兒搖搖頭，直截了當地對我說：

「能夠擔任一誠大人的經紀人，我已經感到很榮幸了。所以只要你願意摸摸我的頭，無論任何事我都可以努力去做。」

——

……啊啊。啊啊啊啊啊啊啊啊！瑟傑克斯陛下——！

這個女孩也太乖了！陛下派她過來我的身邊，我真是感激不盡——！

我忍住想要一把抱住蕾維兒的衝動，摸摸她的頭。

「……嘻嘻嘻。」

蕾維兒對我回以最燦爛的笑容。

嗯。從今以後，我也要和這個經紀人一起努力。

蕾維兒突然像是想起什麼，從懷裡掏出行事曆。

「啊，對了。這邊的確認結束之後，還要配合『胸部龍』的工作調整行程。冥界各地為了安慰在魔獸騷動中受到驚嚇的小朋友準備舉辦慈善活動，大家都希望一誠大人可以露臉。我看看，目前接到的詢問就有十來件──」

……只是她實在太能幹了，都不肯讓我休息！

MaveRick wizard.

「你看過協會的分級表了嗎？聽說梅菲斯托那個臭老頭那邊在發表這一期的新生代惡魔分級之後，頓時議論紛紛。」

「是啊，據說這次的新生代惡魔是這幾十年來最為傑出的一群。」

「光是這串名單就沒得比了。兩個魔王的妹妹、大王家繼任宗主兼獅子王、大公家繼任宗主、神子監視者（grigori）新任副總督之女、天龍赤龍帝、聖魔劍、杜蘭朵持有者、龍王弗利多的宿主，光是列出來就覺得可怕。其他的眷屬也各個都是怪物。」

「也難怪協會的那些人會一窩蜂提出契約文件了。」

「……『禍之團（Khaos Brigade）』的術士曾經說過，跑去找那些傢伙麻煩的幹部被幹掉了，他們的組織陷入即將崩潰的危機——不過你還是要動手吧？」

「是啊，『禍之團（Khaos Brigade）』也委託我了，算是順便。他們的術士似乎也都很想大鬧一場。光是找菲尼克斯家的人麻煩也很無聊。」

「不知道他們有多強。紫炎大姊也期待我們的感想喔。」

Life.2 深夜的主宰者們

動腦固然有必要，但是也必須鍛鍊身體。這就是吉蒙里眷屬面對的嚴苛現實。

在魔法師的書面審查和惡魔的工作之餘，我們吉蒙里隊加伊莉娜換上運動服，在吉蒙里領地下的戰鬥領域持續進行訓練。

我們分成兩組，在廣大的領域修煉。我這邊有戰士型的我、木場、潔諾薇亞、伊莉娜。

我今天的模擬戰鬥對手是木場，剛才打完一場。得到格拉墨以及各種魔劍之後，再搭配屠龍（dragon slayer）屬性的聖魔劍，木場化身為非常棘手的對手，光靠一般的禁手（balance breaker）鎧甲已經快要對付不了他。不過只要換上鮮紅色的鎧甲還是有辦法。

……德萊格在對抗曹操之戰以後，睡覺的時間就變多了。有時候還會一整天完全沒有反應。而且目前也無法使用三叉升變（triaina）和真「皇后（queen）」。

阿撒塞勒老師表示：

「大概是為了救你用掉太多力量吧。利用偉大之紅的身體加上奧菲斯的力量，在這種狀態下讓你的肉體重生，不知道消耗了多少能力。雖然並未損減靈魂也沒有失去力量，還是令他疲憊不堪吧。這陣子他的睡眠時間應該會變長，盡可能別刺激他，讓他好好安眠。」

據說是這麼回事。

……我的天龍搭檔為了讓我復活用了太多力量。德萊格處於沒有肉體，只剩下靈魂的狀態。儘管如此，他還是為了我……我心中充滿對他的感謝。如果讓德萊格睡一陣子就可以恢復原本的狀態，那麼我也希望他現在好好休息。

只是希望他可以在出現強敵之前回來。說不定會有需要三叉升變（triaina）和真「皇后（queen）」的對手。襲擊我們的敵人程度越來越高，要是戰力方面不夠充實，我實在是很擔心……

戰鬥結束之後，我喝著運動飲料時，無意識地看著木場。

他一直盯著格拉墨，然後嘆口氣說聲：

「……還是很難運用格拉墨。」

「就連你也不知道該如何運用嗎？」

聽到我的問題，木場瞇起眼睛。

「當然也有技術層面的問題，不過最大的問題在於消耗過於劇烈。光是奮力揮動這把劍，都會大量耗損我的體力、魔力、各種力量。在一場戰鬥當中連續使用的話，恐怕連生命力都會遭到削減。不愧是人稱魔劍帝王的水準。」

這麼嚴重啊。木場在使用格拉墨時，看起來確實很像在摸索使用的時機。

格拉墨也是屠龍劍(dragon slayer)，對我造成的壓力非同小可！連揮都沒揮，光是對峙就讓我感到寒氣逼人。就連像現在看著放在一旁的格拉墨，也會讓我直冒冷汗。

可見那把魔劍具備的屠龍(dragon slayer)特性對我而言是多麼嚴重的劇毒。我一直覺得那把劍朝我散發難以承受的殺意。那不是木場的意志，我可以切身感覺那把劍彷彿有自己的意志。

那把劍光是靠近我就會對我產生影響，所以老師也指示木場，要他平常將劍收進亞空間當中。

木場扭曲右手前方的空間，將格拉墨收進裡面。就像潔諾薇亞將杜蘭朵收納在亞空間的原理一樣。木場從齊格飛那裡得到的各種魔劍，都是收在裡面。

「真虧齊格飛那傢伙敢用那種劍。」

聽到我的說法，木場回答：

「不，正因為如此，他也不敢輕易使用釋放全力的格拉墨吧。我想他應該不只是因為神器(sacred gear)屬於龍屬性才無法使用。要用這把劍必須要有所覺悟。這樣講或許有點像潔諾薇亞，不過要用的話只能用在一招決勝負的時候。」

「其他魔劍呢？」

「都是好魔劍。只是那些畢竟是具有魔性的物品，所以伴隨風險。每一把都一樣，要不就是會讓持有者受到詛咒，要不就是使用時會對持有者造成某些傷害。齊格飛他……大概不打算長命百歲吧。不然就是出生在戰士養成機構，生命原本就遭到捉弄。」

不惜削減性命也要揮劍的魔劍士啊。弗利德那個傢伙在養成設施也遭受相當過分的待遇吧。是因為這樣才扭曲了他的個性？不，事到如今多想也無濟於事。

木場一邊喝著運動飲料一邊說道：

「無論如何，與其由我直接持劍，不如由龍騎士持劍運用，壞處還比較少。」

這麼說來，他在和潔諾薇亞進行模擬戰鬥時用過這招。

「……拿著魔劍的龍騎士完全擋住我，我連木場本人都碰不到。呵呵呵，反正我這個空有力氣的笨蛋就是拿射程之外的攻擊沒轍。」

潔諾薇亞抱腳坐在地上鬧彆扭。

木場為潔諾薇亞進行技巧訓練，也讓她接受不少嚴苛的洗禮。她盡可能不用杜蘭朵砲和重視破壞力的聖劍，改用其他王者之劍的特性和木場進行模擬戰鬥……

越是加重技巧，潔諾薇亞越是清楚感覺到自己和木場之間的差距。

木場表示：

「如果讓妳認真發揮力量，一定可以輕易解決持有魔劍的龍騎士。而且只要妳的攻擊打中我，我也會立刻完蛋。不過妳再不好好熟悉王者之劍的七種特性就太可惜了。如果能夠完全運用那些能力，妳肯定會變成比我還強的劍士。」

王者之劍的七種能力相當驚人。潔諾薇亞主要使用破壞的能力，但是至少該完全學會運用擬態和透明的能力，這對她而言也不是壞事。話說弗利德都有辦法運用了，潔諾薇亞應該也能做到相同程度。

實際上，她也逐漸學會運用那兩種能力……不過和木場之間依然有著無法彌補的差距，也是事實。如同蕾維兒所說，延伸長處來彌補短處也是個方法。可是就潔諾薇亞的狀況，多學會幾種王者之劍的能力絕對可以變得更強。她本人也這麼覺得，所以才會向木場提出訓練的要求。

被選為修煉的對象，木場似乎很開心。

「……潔諾薇亞總算願意進行技巧型的訓練了……！」

他甚至感動到發抖。看來他對潔諾薇亞真的有很多想法吧。

陪同訓練的伊莉娜向潔諾薇亞借了王之杜蘭朵，示範給她看。刀身開始蠕動，變型為巨大的日本刀。

「妳看，擬態要像這樣。最需要的是想像力。能夠運用自如之後，還可以變化成各種東西喔。」

不愧是擬態的聖劍（excalibur mimic）前持有者。關於擬態的使用方式，比起潔諾薇亞這個現任持有者有經驗多了。羅絲薇瑟在對抗巴力之戰時也是，儘管只是暫時用了一下，能夠運用還是很厲害。

分裂為七把的王者之劍，各自具備獨特的特殊能力。在七把統整起來，和杜蘭朵合體之後，依然保留特殊能力，並未消失。

破壞的聖劍（excalibur destruction）——如字面所示，是特別強化攻擊的能力。破壞力驚人，潔諾薇亞原本就是這把聖劍的持有者。也因為這樣，運用得最得心應手。和追求力量的潔諾薇亞十分匹配。

接著是擬態的聖劍（excalibur mimic）。這是伊莉娜原本持有的聖劍。具備能將外型變成任何姿態的特性。伊莉娜平常是將它擬態為繩索，戰鬥時則是變成日本刀。依照使用者的使用方式，可以呈現多采多姿的樣貌。

第三把是天閃的聖劍（excalibur rapidly）。是弗利德那個傢伙使用的第一把聖劍。能夠提昇持有者的速度，揮劍的速度也會提升。

透明的聖劍（excalibur transparency）——不只刀身可以變成透明，也能將持有者變成透明。

夢幻的聖劍（excalibur nightmare），能力主要是掌管幻術和夢。這個能力好像和擅長魔法的人比較能夠搭配，對於那方面相當生疏的潔諾維亞在學習使用時碰上許多困難。使用這個能力，能夠以幻術迷惑對手，或是趁對手睡著時控制夢境，具有各種用途……

祝福的聖劍（excalibur blessing）似乎和信仰有關，主要是在神聖儀式當中發揮功效。比方說在驅魔儀式削弱準備驅除的惡魔、吸血鬼，或是提升驅魔師的能力、贈與幸運給參加彌撒的人。這種能力相當特別，想要運用自如也需要獨特的才能，所以潔諾薇亞用起來也不太順手。

最後是支配的聖劍(excalibur ruler)——瓦利隊的亞瑟原本持有的聖劍。據說那把劍具備能夠任意操縱任何存在的特性……

「我大概無法發揮像亞瑟那樣支配傳奇魔物的才能吧……就連發動異能都不太順利。」

正如潔諾薇亞所說，她在學習使用支配的聖劍(excalibur ruler)時遇到瓶頸。

支配之力大概會最晚學會吧。不只是潔諾薇亞，就連莉雅絲也是如此預測。既然有其中一把王者之劍原本的使用者伊莉娜的協助，至少應該可以完全學會擬態的特性。

題外話，伊莉娜一方面陪我們進行訓練，自己也開始修煉。她一面帶著天使用的量產型聖魔劍問木場該如何使用，一面建立自己的戰鬥方式。伊莉娜雖然是天使，不過如果以惡魔的類型來區分，應該是技巧型偏法術型吧。據說她也向羅絲薇瑟請教，學習魔法。

「再這樣下去妳會變成自稱劍士喔，潔諾薇亞。」

被伊莉娜這麼說，潔諾薇雅難掩動搖。她張大嘴巴，看起來大受打擊。這時眼中泛淚的潔諾薇亞反擊了。

「……討厭的自稱天使。」

那四個字對伊莉娜而言可以說是禁忌，她立刻嘟嘴發怒：

「我是天使！對吧，一誠？一誠和我是青梅竹馬，一定最了解我，一定知道我是真正的天使吧？」

居然把話題丟給我！這下麻煩了……她們兩個只要一開始鬥嘴，就會展開連我也覺得程度很低的唇槍舌戰。不過話說回來，的確是有這回事。我和伊莉娜是青梅竹馬。

「這個嘛——這麼說來，我和伊莉娜確實是青梅竹馬。我偶爾會不小心忘記。」

聽到我這麼說，潔諾薇亞立刻嘲笑：

「原來如此，伊莉娜是自稱青梅竹馬啊。這樣啊這樣啊。」

啊，潔諾薇亞得到逗弄伊莉娜的新詞彙了！這是我的一大失誤！伊莉娜本人也把嘴嘟得更高，眼眶也濕了。

「我是天使！是青梅竹馬！妳很過分耶！」

「嘿——自稱青梅竹馬——」

「什麼嘛，自稱劍士！連腦袋都是肌肉——！」

……唉，這兩個傢伙真是笨到讓我覺得可愛。

各位，你們相信嗎？我剛遇見這兩個傢伙時，她們還是散發危險氣息的教會劍士喔？潔諾薇亞當時是個十分冷酷的聖劍士，感覺碰她一下就會被砍。伊莉娜雖然開朗，身為天意的代行者對於工作和信仰卻是毫不妥協。

然而現在卻是蠻力笨蛋和自稱天使。人的形象會如何變化，還真是沒人知道呢。話說這才是最符合她們的年紀，最原本的模樣吧。而在我們面前展現這一面，就証明她們和我們已經打成一片了。

總之，我、木場、潔諾薇亞、伊莉娜幾個戰士型成員經常聚在這個領域的一角練習。在有點距離的地方，莉雅絲、朱乃學姊、愛西亞等法術型成員也在進行獨特的練習。

「我想還是實戰最有效吧。不知道還會不會有『離群惡魔』的逮捕任務。」

潔諾薇亞唸唸有詞。

沒錯，在英雄派的事件之後，紛紛傳出許多因為不合理的交易變成上級惡魔的僕人的神器(sacred gear)持有者因為力量覺醒成為「離群惡魔」的事件。

這是因為曹操他們將禁手(balance breaker)的達成方式洩漏給他們的關係。也因為這樣，阿加雷斯大公家經常發布逮捕，或是討伐他們的任務。

受到不平待遇脫逃的人，多半願意和我們對談，進而逮捕他們，但是對於得到力量而失控、沉迷其中的人……儘管不近人情，有時還是得討伐他們。

而且有時候會碰上能夠使用禁手(balance breaker)的對手，其實是頗為嚴苛的任務。如果對手會用技巧型的特異能力還必須小心，要是動作完全被對方掌握反而會受到重創。

對於逃到人類世界來又在日本的離群惡魔，多半是由我們吉蒙里眷屬處理。至於在冥界，塞拉歐格也會奉命前往討伐，頗為活躍。

……原來要恢復真正的和平是如此困難。冥界各地遭到巨大魔獸破壞的城鎮也開始重建，但是我想居民的心情要恢復，應該沒那麼簡單吧……

……我們也只能加緊鍛鍊，避免類似的事情再次發生。

「好了，我們也該告一個段落，到其他人那邊看看了吧？」

我如此詢問木場等人，大家都點頭同意。

於是我們走向莉雅絲他們進行訓練的地方。

在領域內移動時——前往莉雅絲他們身邊的途中，我一直在思考。

或許是因為成為中級惡魔，我開始學習很多東西。關於現存的七十二柱上級惡魔——各個名家的情勢、各個領地的特色、特產等等，我變得比以前更加注重這些細節。

這是因為升格為上級惡魔不再是遙不可及的夢想。不，成為上級惡魔之路當然還是艱辛而遙遠，然而不再是遙不可及、無法實現、看不見終點的路程。

此外也我加緊學習排名遊戲。

明明已經有過好幾次經驗，還是有很多基本事項我完全不知道。比方說遊戲的情報。

「我一直以為遊戲規則都是遊戲當天才會公布。」

我一邊走一邊開口。木場回應：

「其實那種狀況反而少見。一般來說都是事先將規則告知雙方，否則無法擬定戰術。我想高層大概是想看看新生代在突發狀況可以擬出何種程度的戰術吧。結果在這方面充分展現成果的新生代，大概只有西迪家吧。」

「畢竟我們是『腦袋都是肌肉隊』嘛。與其思考這麼多，在臨場行動時決定如何戰鬥比較適合我。」

如此回答的潔諾薇亞邊走邊吃飯糰……不過最具體呈現這個譬喻的人就是妳喔？雖然我也沒資格說別人……

「不過，木場。為什麼我們老是碰上當場告知的狀況？」

「聽說是高層決定的，一誠同學。新生代的——尤其是我們參加的遊戲，不知為何都是賽前才得到情報。塞拉歐格．巴力對格喇希亞拉波斯之戰、還有西迪對阿加雷斯之戰，好像都是在比賽前幾天告訴選手規則的內容。」

我都不知道！塞拉歐格和匙他們參加的比賽都有事先得到情報啊！

「為什麼只有我們碰上對心臟那麼不好的狀況？太不合理了，也太不公平了吧！」

「我們的第一場比賽，對抗西迪之戰原本打算在賽前報告規則，但是之後的遊戲，有風聲表示可能是高層故意安排。」

「這是怎麼樣？高層故意算計我們？」

「大家的猜測是高層可能刻意讓我們面對非正規的場面。透過這種方式，可以促使我們、還有和我們對戰的選手陣營，雙方達到不同於以往的成長——而且確實成真了。」

——戲之後。

……木場的話說得沒錯。透過遊戲，我們都有所收穫。有時是在遊戲當中，有時是在遊戲之後。

所謂的收穫，像是我的新力量覺醒，間接促成伙伴的成長，或是促成匙、塞拉歐格的變化、進化等。不，吉蒙里、西迪、巴力的所有眷屬，應該都在遊戲當中得到收穫吧？

「……無法事先準備，反而促進我們成長……？」

面對我的疑問，木場皺起眉頭：

「要說是這樣也對，也可以說是碰巧。雖然這是馬後炮，不過我們確實在新生代交流戰當中，學到不少東西。」

……話是這樣沒錯……但是有種被人玩弄於股掌之間的感覺，不太舒服。不過身為新生代又什麼也不懂的我們，也沒有權利說這種話……然而還是不太舒服。因為我們是真的賭上夢想在戰鬥。

到底是哪位高層做出這種決定的……應該不是瑟傑克斯陛下吧。我不認為那位陛下會做這種事。

我的腦中突然閃過唯一可能的人選。

阿傑卡・別西卜陛下。

……他建立了排名遊戲的基礎理論，聽說跟著他的派系多半也是技術方面的研究者……如果是那位陛下，或許……會做這種事？

就在我如此心想時，我們已經走到法術型的夥伴們訓練的區域。

這個戰鬥領域真的很大，無論怎麼走都是空無一物的寬廣空間，只看得見高掛在上方閃耀的照明。不知道這個地下空間有幾個東京巨蛋大。

羅絲薇瑟和勒菲站在閃亮的魔法陣上，似乎在討論什麼。

小貓和加斯帕正在打坐，集中精神。小貓身上繚繞平穩的鬥氣，黑歌在一旁看著她。

勒菲和黑歌也會協助我們訓練。

遠方可以看見鮮紅色的魔力和閃電交會形成強烈漩渦。大概是莉雅絲和朱乃學姊在那裡研究魔力和魔法吧。

只有蕾維兒不在這裡，這是因為她一個人留在兵藤家，為了挑選要和我締結契約的魔法師進行書面審查。

「一誠大人請去進行訓練吧。剩下的人我會一如往常進行基本調查。」

——每次她都像這樣要我去訓練，讓我一方面感激她，一方面又覺得很對不起她。請原諒我這麼沒用，不過也請讓我好好依賴妳吧。

愛西亞察覺到我們戰士組——我、木場、潔諾薇亞、伊莉娜的到來，跑了過來。

「一誠大人、各位！練習告一段落了嗎？」

「是啊，今天就到此為止。愛西亞在做什麼？」

聽到我的問題，頭上頂著雷誠的奧菲斯走來：

「吾，教導愛西亞，與龍相處之道。」

與龍相處之道？愛西亞為滿心疑惑的我詳細說明：

「之前阿撒塞勒老師說過我可能很適合和魔物締結契約，或是學習召喚魔法，所以我請奧菲斯指導我如何和龍相處。」

伊莉娜摸摸坐在奧菲斯頭上的雷誠的背說道：

「有的契約是讓魔物以『使魔』的身分成為隨從，有的契約則是以代價交換的供需關係。同樣都是駕馭魔物，卻有很多不同的方法。」

啊啊，我在締結使魔的契約之後也聽過這件事。

依照術士駕馭魔物的技能，體質是否容易受魔物喜愛，締結契約時的難度也會不同。

越是技能特別高超、受到魔物喜愛的人，越容易和各種魔物締結契約。

越是強大的魔物，就越希望和術士之間是供需關係，而非簽約成為從屬關係。當然也要看配對度。之前我將魔法飛船——斯基德普拉特尼收為使魔時就很順利地締結主從契約。也沒有付出什麼代價。

有關於使魔這個要素，實戰姑且不論，在遊戲當中有時候會很棘手。

愛西亞說道：

「對了，我知道一誠先生在學習遊戲的事，嚇了一跳——而且是有關使魔的事。」

我點點頭開口：

「和強大的使魔締結契約在遊戲當中運用，打起來不就輕鬆多了？我原本是這麼以為，不過好像不行。還是有一定程度的限制。尤其是太強的魔物，在遊戲中會受到限制。」

聽到我的話，木場也點頭同意：

「如果使用使魔沒有任何限制，遊戲很有可能變成雙方的召喚大戰。自己不親自上前線，完全讓使魔戰鬥……這樣的戰鬥內容不算眷屬對戰的排名遊戲，只是普通的使魔對戰。」

就是說啊。如果使魔在使用上毫無限制，只要在安全的位置召喚使魔，命令牠去攻擊就可以了。

木場繼續說道：

「所以基本上，遊戲中只能使用協助選手的使魔。當然了，也不是所有情況都是這樣。根據規則，有些時候也能使用強大的使魔。但是使用條件相當有限，真的要說的話，將其收為眷屬還比較容易運用。而且還能透過棋子的力量提升魔物的能力。自從遊戲和惡魔棋子(evil piece)誕生之後，對於魔物的需求隨之高漲也是事實。也因為這樣，作為魔物指導員的使魔訓練師才能夠成為正式職業。」

不將魔物收為使魔而是收為眷屬的惡魔，大概就是認為這樣比較有利囉。強大的魔物與其單純拿來使用，他們比較想收為眷屬，藉此強化並且使喚。

好像也有人認為當做使魔運用比較輕鬆、划算吧。

碰上稀少又強大的魔物時，還是收為眷屬、讓牠誓言終生效忠比較確實。如果只是供需關係，在魔物認為無益於牠時，也有可能遭到毀約。這個部分就見人見智吧。有些魔物好像也想提升自己的能力，自行要求當眷屬。

如果得到強大的魔物，我也會不知道該收為眷屬還是使魔吧。

總之就是這樣，愛西亞希望可以和許多魔物締結契約，提升召喚的能力，正在摸索自己該怎麼走。

潔諾薇亞表示：

「召喚魔力或是召喚魔法，在想要有所提升時，比起其他的魔法和戰鬥技術更講究才能，所以超凡的術士也不多。可是——」

「就是說啊。根據阿撒塞勒老師的說法，愛西亞好像有那種才能。」

如此說道的我看向雷誠——和奧菲斯。愛西亞和據說很難締結契約的蒼雷龍（sprite dragon）（儘管還是小龍）建立主從關係。

不，對愛西亞而言那可能是結交朋友的契約，然而至少不是供需關係，而是透過契約建立的緊密關係，使魔大師小知也為此嚇了一大跳。

「……原則上我也向羅絲薇瑟小姐學習召喚魔法的知識……但是還沒有得到什麼值得一提的結果……」

愛西亞看起來似乎很過意不去。

「不不，接下來才是關鍵。話說羅絲薇瑟也會用召喚魔法喔？」

我的話聲剛落，羅絲薇瑟好像結束她和勒菲在魔法陣當中的對談，走了過來：

「雖然不太擅長，至少可以教她基本理論。」

喔，這樣啊。真不愧是來自北歐的才女！只要有羅絲薇瑟和奧菲斯陪愛西亞進行訓練，她應該沒問題……

——正當我這麼心想，看向其他地方時，正好看見在有一段距離的地方讓小貓和加斯帕打坐的黑歌對我招手。

……在叫我嗎？我指指自己，黑歌也點點頭。

我對其他人說聲「我過去一下。」便離開大家，前往黑歌身邊。

「什麼事？」

來到集中精神的現場，我詢問黑歌。

黑歌笑逐顏開地說道：

「喵哈哈，現在啊，我叫白音和小加將內心放空。」

不只小貓，連加斯帕都在做這種訓練，是為了要探索棲息體內的那股力量。這和我潛入神器（sacred gear）深處的意思相當類似。不過好像還沒有什麼成果……

小貓的目的是放空內心，藉此促進仙術的基礎，也就是和自然融為一體。

話說這隻壞貓稱呼加斯帕為小加啊。不過我也都叫他阿加。

「幫個忙吧，小赤龍帝。」

說雖如此，我該做什麼才好？

正當我因為她的說法歪頭不解時，她拉起我的手——

軟溜！

然後把我的手伸進裸露在和服衣襟的乳溝當中——！

極致的柔軟、質感、豐滿的存在感都讓我的手、我的手高興極了——！

這、這種彈嫩、柔軟、滑溜的胸部觸感，就像是將莉雅絲和朱乃學姊的乳房的優點集合在一起……太難得了！我可以體會到年長的大姊姊有多麼美好！

或許是感應到這樣的光景，小貓瞪大眼睛，露出責難的表情：

「姊、姊姊！請妳遠離一誠學長！要是在我的身體成長完全之前，學長就先熟悉姊姊的膚觸……！」

面對小貓的抱怨，貓姊姊拿起摺扇往她的頭打下去：

「好，不及格喵。因為這種程度的事就讓妳的氣息紊亂、解除修煉狀態的話，可見妳還是半吊子喔，白音？」

「…………是、是。」

黑歌的告誡讓小貓無言以對。雖然一副很不甘心的樣子，但小貓甩甩頭重振心情，再次開始打坐。

至於加斯帕，儘管發生一連串的事件依然維持打坐的姿勢。喔喔，這個傢伙總是在奇怪的地方讓人見識到意外的一面。

今天的集中精神訓練，是阿加的表現比小貓更好。

不過黑歌的胸部……好讚啊！

又過了三十分鐘之後，大家都結束這天的訓練，開始集合。

現在仍然不在場的只有莉雅絲和朱乃學姊。她們好像在比較遠的地方進行魔力和魔法的訓練……

「抱歉，今天和朱乃練得特別起勁。」

「呵呵呵，社長真是的，比平常還要激烈呢。」

不久之後她們兩位總算現身了。大概是經過相當激烈的練習吧，兩位的運動服都千瘡百孔，露出底下的肌膚。

嗯！莉雅絲和朱乃學姊的下半球都超棒的！

——這時我看見跟著莉雅絲和朱乃一起移動過來的某個物體，嚥下口水。

……莉雅絲頭上飄著巨大球體。鮮紅色和漆黑的氣焰在球體裡猛烈翻騰旋繞。

……就連我也看得出來，那是壓縮質量驚人的魔力形成的球體。

我指著球體詢問她們：

「……從剛才開始就一直散發出異樣壓力的那個……」

「社長的新必殺技……果然看得出來吧？」

聽到朱乃學姊的說法，臉上滑過汗水的潔諾薇亞點頭同意：

「是啊。那個東西相當不妙吧?是那種絕對不想中招的魔力。」

嗯。看得出來那是將一切全都投注在破壞力的攻擊。應該是經過提升的毀滅魔力吧?

不,依照莉雅絲的個性,應該不僅如此吧。如果只是丟出那個,那麼龐大的魔力很容易被對手閃過。那應該不只是單純重視威力的攻擊。

莉雅絲的說法是:

「……這個紅色大球在遊戲當中肯定會遭到禁止。之前的我太天真了。因為我在思考攻擊招式時都是以遊戲為前提……可是經歷過恐怖分子的襲擊、一度失去一誠之後,我改變想法──實戰當中需要的,是確實消滅對手的威力。」

「也就是說……」

木場接著我的話說下去:

「那招是排名遊戲的淘汰系統也無法迴避的攻擊囉。」

莉雅絲神祕的新必殺技,讓大家露出害怕的表情。

莉雅絲雖然是法術型,但卻偏重力量。她的哥哥瑟傑克斯陛下也是法術型,不過比較偏技巧,所以儘管是兄妹,毀滅魔力的性質卻是天差地遠。遺憾的是莉雅絲在技巧方面的才能不到瑟傑克斯陛下那種程度。然而如果只追求毀滅的威力,那就另當別論。

……我懂了,既然如此,就該提高大規模的破壞力囉。那個球體散發出來的力量之強,傳達出這樣的訊息。

莉雅絲和朱乃學姊以魔力將自己身上的破爛運動服變回原樣之後，露出笑容：

「好，大家今天可以回去了。」

於是所有人同時進行的訓練就此結束。

……大家都必須變得更強。

無論發生任何事，都要一起活下去——

—○●○—

「啊——好幸福啊。」

訓練結束之後，我洗了個澡，在起居室的沙發上悠閒吃冰。

就是這個味道。吃這個最治癒了……

「……學長，要不要吃薄荷巧克力口味？」

坐在我腿上的小貓給我吃她的冰。

「那麼讓我吃一口。」

而且還是直接餵我！

啊——這也是讚到不行！學妹餵我吃冰棒！

這樣就像是透過小貓的湯匙間接接吻。和我破冰之前的小貓絕對不可能這麼做，現在卻變成間接接吻彷彿理所當然！

正當我感到幸福時，蕾維兒站到我們面前：

「……小、小貓同學，我一直都覺得有別人在場時，坐在一誠大人腿上很沒禮貌！」

喔喔，有人出聲糾正了。不過小貓還是不以為意繼續坐著。

「……這裡是專屬於我的特別座。」

「特、特別座？一誠大人也說她幾句吧！」

「沒、沒關係啦，蕾維兒。這樣並沒有對我造成困擾。而且小貓很輕。」

她是真的非常輕。一方面也是因為身材嬌小，而且我也已經很習慣這樣，完全變成生活的一部分。

小貓抱著我說道：

「……我將來要嫁給學長，所以要占好這個位置。」

「…………！」

聽她這麼說——蕾維兒露出打從心底感到不甘的表情。蕾維兒剛才雖然那麼說，但是在我和她兩個人獨處時，她也說想要坐在我的腿上，我也讓她坐過。當時被小貓看見了，她還不開心地嘟嘴。

最近小貓都會搶先占據我的大腿，像是在強調「這裡永遠都是我的位子」……我記得有人說過，因為她是貓妖，對於地盤特別執著。也就是說，我的大腿是屬於小貓的領域。

蕾維兒的眼中慢慢浮現淚光，開始抗議！

「太、太狡猾了！太狡猾了太狡猾了太狡猾了太狡猾了太狡猾了！」

——那麼能幹的蕾維兒……居然像小孩子一樣跺腳！

「只有小貓同學獨占真是太狡猾了！嘿！」

蕾維兒把小貓撞開了！

「我也想坐這裡！不對，我要占據這裡！」

我的大腿空出來之後……蕾維兒立刻坐上來！

被撞開的小貓揚起眉毛，嘴角一撇……

「嘿！」

「呀！」

把蕾維兒撞飛。這次換小貓坐到我的腿上！

「……這裡是我的位子！不會讓給別人……！」

小貓抓著我不放，堅持不讓給蕾維兒。

「不可以一個人獨占！我也想坐──！」

蕾維兒也為了把小貓拉下來而努力！

我彷彿在兩人背後看見貓和火鳥的幻影在互瞪！

這、這麼說來，我之前有一次透過私人線路和萊薩交談，當時的他這麼說過。

『蕾維兒啊，在親近的人面前表現得很有禮貌，安守本分……不過基本上她是個和莉雅絲不相上下的任性公主。尤其是有個壞毛病，很喜歡搶別人的東西……和你生活一陣子之後，她說不定會顯露這一面喔？』

正如同萊薩所說。

不過朋友吵架不是好事！

我設法安撫她們兩個。最後的結果是──

「…………」

「…………」

小貓坐在我的左腿，蕾維兒坐在我的右腿。大概是因為剛吵過架吧，她們看都不看對方一眼。

不、不過兩邊大腿感受到的臀部觸感都相當美妙就是了！我的大腿可不是戰場，希望她們不要再吵下去了。

奇妙的是，隔天早上小貓和蕾維兒的應對又變得和平常一樣。

果然她們不管再怎麼鬥嘴，依然還是朋友。

—○●○—

經過這樣的一晚，隔天午休，我拜訪學生會辦公室。

辦公室裡只有我和匙兩個人。

我們很難得在玩桌上遊戲。

「你還太嫩了，兵藤♪」

……又被匙將軍了！而且這樣我就連敗五場了！

「可惡！給我等一下！我馬上找出攻略法增加勝場！」

我們玩的是以排名遊戲的競賽項目——搶旗賽(scramble flag)為藍本的桌上遊戲。

桌上遊戲版的搶旗賽，簡單說明規則的話，就是在廣大的遊戲領域插上好幾根旗子，輪流移動棋子搶奪旗子的遊戲。

只要在限制時間內搶到所有的旗子，或是持有的旗子數量比對方還多就算獲勝。也可以將對方搶走的旗子再搶回來。像這種時候就得擲骰子，根據擲出的點數來決定旗子是守住還是遭到搶奪。

至於在真正的遊戲當中是否使用骰子，就要看規則如何決定……

要從哪裡進攻、防守哪裡，都必須自己盯著廣大的戰場加以決定。

只要旗子沒有被搶走過半數就好，因此在原本的遊戲裡可以使用任何手段來死守旗子，無論是藏在戰場上，或是當成誘餌引誘敵人都可以。反過來說，也可以捨棄一個旗子以便重整態勢，戰術千變萬化。

……原來如此，這種規則的確是很適合戰術型的西迪眷屬和阿加雷斯眷屬。如果是我們來比這種規則，可能會敗在那種爾虞我詐吧。不，硬是搶走旗子也是個方法……啊，要是對手設下陷阱的話反而會損失夥伴！還真是困難的遊戲……

正當我盯著桌上遊戲的地圖沉思時，匙一臉凝重地開口：

「……對了，我說你啊……」

「怎麼了？臉色突然變得這麼陰沉。」

沒錯，他的臉色變得十分陰沉。眼中甚至沒有光彩！

匙詢問我：

「你和莉雅絲學姊正在交往吧！」

——！

……是、是這個問題——！我、我的確沒把這件事告訴他！

匙重重嘆氣，繼續說下去：

「……之前不是發生過魔獸騷動嗎？那時你後來才出現，出現之後還在對付英雄派的頭目——曹操之前先和莉雅絲學姊彷彿戀人一般接吻吧？我看見那一幕，差點沒嚇昏。之後我若無其事問過會長——」

『是啊，他們兩個在校慶之後就在交往了……匙不知道嗎？』

蒼那會長好像是這麼回答的。

如此說道的匙突然靠近，抓住我的肩膀猛力搖晃！

「我都不知道！兵藤，你這個傢伙——！我和你不是好兄弟嗎？為什麼你沒告訴我？木場應該知道吧？」

「……不、不是，該怎麼說，應該是沒有機會告訴你……」

「不，明明就有！明明就有吧？我去找德萊格商量事情那次之類的！」

對了，中級惡魔升格考試前好像有這麼回事。

「啊。也、也對。」

我移開視線，搔搔臉頰。

可是我哪說得出口！我和匙都對主人抱持愛慕之意。在這種狀況下，我哪敢說自己先成功追到了！

匙甚至還說自己連肢體接觸都沒有……

「……所以你追到主人之後有什麼感想？」

容光煥發的我豎起拇指，以爽朗的模樣開口：

「活著真是太開心了。就像這樣吧。」

嗯，我是說真的。活著真是太好了。

知道自己和心愛的女性心意相通，和她一起睡在床上、一起吃午餐你就知道了。高興到會哭出來！比幸福還要幸福的超幸福還要更加幸福的超超幸福還要強烈許多的幸福感！

匙抱頭痛哭！

「該死！我要詛咒你——————！我要用弗栗多的力量詛咒你——————！我這邊的進展只有和會長一起去看電影！而且還是和其他眷屬一起去！到底是什麼東西造成你我之間的巨大差距？天龍和龍王果然就是不一樣嗎？」

不，這我也不知道……

抱歉了，匙。我現在大概領先你幾十光年吧。

「匙，你在大吼大叫什麼？聲音都傳到外面去囉？安靜一點。」

——這時會長和其他學生會成員返回學生會辦公室。

「會、會長。」

會長一出現，匙便擦乾眼淚，端正姿勢。

蒼那會長看著我，露出柔和的笑容：

「哎呀，是一誠。你好。你來學生會辦公室玩嗎？」

「是的，我來打擾一下。」

「這樣啊。我們這裡沒什麼東西，不過在我們開會之前，你可以慢慢坐。」

「謝謝。」

最近蒼那會長開始對我露出笑容。原因果然還是因為我和莉雅絲之間的關係，讓她感到親近吧？

不過我對於直接稱呼她「蒼那」還是有點猶豫……

正當我感到有點不好意思時，匙那個傢伙的表情變得比剛才還要凝重，渾身發抖。

他伸手搭住我的肩膀，在我耳邊低語：

（…………你、你、你、你、你、你、你你你你你你你、你這個傢伙——————！

會長叫你「一誠」是怎樣？這是怎麼回事？）

啊，這件事啊。好吧，也對。對這個傢伙來說，這的確是很嚴重的問題吧。

（沒、沒什麼，總之就是這麼回事……）

匙勒住我的脖子！投降投降！勒得真緊！

（我就是在問你是怎麼回事！就、就、就連我也還沒聽過會長直呼我的名字……！）

正當匙流下眼淚時，一旁的「主教(bishop)」花戒豎起拇指對我說道：

（幹得好，兵藤。阿元，你或許該死心了。）

她聽見我們的悄悄話嗎！

一年級的「士兵(pawn)」仁村也用力點頭跟著開口：

（兵藤學長，請照這個樣子連會長一起追到手吧。元士郎學長，你不適合年紀比你大的對象。想追年紀比你大的公主，就得像兵藤學長那樣強勢進攻才行喔？）

……對於以匙為目標的她們兩個而言，這似乎是好消息。

（喂——！花戒、仁村——！）

匙如此吐嘈……不過花戒和仁村也都是美少女吧。你好歹跟她們約會吧！雖然我也沒有立場說這種話！

不知不覺間——真羅學姊靠到我們身邊輕聲說道：

（……會長怎麼可能那麼簡單就被追走。兵藤，你別太在意她們說的話。）

（啊，好的，真羅學姊。）

先別說這個了，真羅學姊，妳可不可以趕快攻陷木場？那個傢伙看我的眼神越來越熱情，我快要受不了了！他甚至還作便當給我吃耶！

我正式覺得自己必須死守貞操！阿加那個傢伙也會在小貓和蕾維兒都不在時坐到我的腿上！萊薩也會透過通訊魔法陣定期聯絡！塞拉歐格還會寫信給我！

黑歌和勒菲也一樣，感覺她們之所以會跑來，也是因為瓦利那傢伙背地裡有什麼企圖，太可怕了！最主要是害怕雄性指數越來越高！

我只想和女孩子過著情色成分滿點的生活！

為什麼是充滿肌肉猛男的關係啊——！

「一誠。」

正當我在心中吶喊時，蒼那會長叫了我的名字。

「啊，是。」

會長手上有個小型的聯絡魔法陣——

發生什麼事了嗎？

會長表示：

「我剛才接到聯絡，我想你應該也會立刻接到通知……據說和吸血鬼會談的時間已經訂在明天晚上。」

——

因為魔法師和訓練害我忘記了，這麼說來，莉雅絲也說過。

吸血鬼方面也會和我們接觸。

吸血鬼。對我們算是非常熟悉，距離又最遙遠的種族。

對於只認識加斯帕一個吸血鬼的我而言，接下來才是和真正的吸血鬼邂逅的時候。

—○●○—

隔天深夜。

也就是和吸血鬼的會談日當天。

我身在舊校舍的神祕學研究社社辦。

集合在這裡的人，有吉蒙里方面的神祕學研究社全體成員，西迪方面的蒼那會長、真羅學姊，墮天使代表阿撒塞勒老師，還有天界方面的一名修女——

那名修女將頭紗拉得很低，五官有如北歐人相當立體，還有女演員一般的美貌。年紀大概二十多歲後半，表情柔和，身上散發出來的氣息也非常溫柔。

其實我之前見過這位修女大姊。

修女望著在場的所有人，向大家打招呼：

「不好意思，沒有先問候各位。我是這個地區的天界人員的統籌負責人，葛莉賽達．夸塔。不久之前我已經和赤龍帝先生以及愛西亞修女打過照面，但是還沒有向各位請安，在此誠心希望各位今後多多指教。」

「這位是我的上司！」

伊莉娜如此補充。

老師和葛莉賽達修女握手：

「喔喔，我聽說過妳是加百列的Q(queen)！說到葛莉賽達修女，在女性驅魔師當中可是排得進前五名的強者。」

「不敢當。沒想到墮天使的前總督也聽說過我……榮幸之至。」

這位修女名叫葛莉賽達．夸塔。

她是轉生天使，負責統籌在這個地區行動的天界人員。

身為四大熾天使(Seraph)之一的加百列小姐的Q(queen)，她是伊莉娜的上司，也是潔諾薇亞在祖國的熟人。之前我透過介紹和她認識。加百列小姐的牌是紅心，所以修女就是紅心Q(queen)！大家好像都稱呼她為「紅心皇后」。

她一直在天界和梵蒂岡之間跑來跑去，無法抽身過來這裡的教會分部露臉，直到最近才能和我們見面。

當時的潔諾薇亞真是難堪到不行。葛莉賽達和她來自同一個設施，從小就很照顧她。或許是因為這樣吧，葛莉賽達也是唯一讓她抬不起頭的人物。修女說過，信仰虔誠的潔諾薇亞變成惡魔讓她很震驚，不過最讓她難過的是潔諾薇亞至今都沒有聯絡過她。

我、愛西亞、潔諾薇亞、伊莉娜以外的人，應該都是第一次見面吧。

葛莉賽達修女致上最深的歉意：

「真是非常抱歉。照理來說，我應該更早一點來向各位打招呼……因為諸多事宜無法配合，才會一直拖到現在，我對自己的不週感到後悔不已。」

她的態度實在太客氣了。然而面對某人時卻是——

「哎呀哎呀？怎麼了，潔諾薇亞？妳的臉色很難看喔？」

伊莉娜意有所指地詢問潔諾薇亞。

「……不要鬧了，伊莉娜。」

一臉僵硬的潔諾薇亞試圖迴避修女的視線——

修女卻伸出雙手，緊緊抓住潔諾薇亞的臉！

「潔諾薇亞？妳就那麼不想見到我嗎？」

「……不、不是，只、只是……」

「只是？」

「……對、對不起，沒接妳的電話。」

潔諾薇亞在手機顯示某個號碼的時候一直不接，原來都是修女打給她的。

聽到潔諾薇亞道歉，葛莉賽達修女也放開手：

「好，這樣就對了。難得我們都交換電話號碼，至少該聯絡我一下吧。聽懂了嗎？至少可以一起吃飯吧？」

「……反、反正妳也只會對我抱怨……」

「那還用說。既然又來到同一個管轄區域，我當然會擔心妳。」

她們兩個感覺就像傷腦筋的妹妹和可靠的姊姊。話說沒想到那個豪邁的潔諾薇亞會有這麼可愛的反應，真是新鮮。又見到她令人意外的一面。

如此這般，修女和大家打過招呼之後，接下來就是等待吸血鬼訪客到來。

夜色逐漸深沉——

外面陷入完全的寂靜，大家也不太說話之後，我感覺到外面傳來異樣的寒冷。大家好像也都掌握到同樣的感覺，同時朝窗戶那邊——舊校舍的入口方向看去。

莉雅絲站了起來：

「好像來了……吸血鬼的氣息還是一樣，像是結凍一般平靜。」

莉雅絲看向木場。木場起身行禮之後，離開社辦。

……大概是去迎接吸血鬼吧。

我的腦中浮現大家事先告訴我的吸血鬼情報。

所謂的吸血鬼——無法進入沒有受邀的建築物。不會顯現在鏡中，也沒有影子。

無法渡過流水，討厭大蒜，對於教會的象徵——十字架、聖水沒有抵抗力。

還有必須睡在自己的棺材裡才能恢復。

這些特點和混血吸血鬼加斯帕不太一樣。他有影子，鏡子裡也看得到他。可以過河，也正在克服大蒜。也不是非得睡在自己的棺材裡不可。

據說這是因為加斯帕的人類血統比較濃厚……所以他在紙箱裡也可以入睡吧。

木場之所以下樓，是因為來訪的是純種吸血鬼，必須受邀才能進入這棟舊校舍。

我們眷屬為了迎接訪客，紛紛站了起來，在我們的「國王(king)」莉雅絲身邊列隊站好。同樣的，真羅學姊也站到蒼那會長背後。

伊莉娜也站到坐在位子上的葛莉賽達修女身後。朱乃學姊則是在專用的推車前待命，準備端茶。只有阿撒塞勒老師大大方方地坐著。

「國王(king)」、領袖級的人物坐著，屬下站著待命，我們就以這個形式等待訪客。

至於我們家的吸血鬼阿加……

「…………」

他的表情複雜至極。這也是當然的。因為之前迫害他的真正吸血鬼要來了。

儘管客人好像不是加斯帕家的人，他還是難掩緊張。

過了一會兒，有人敲社辦的門。

「我帶客人過來了。」

木場以相當紳士的舉止開門，請客人進來。

從門外現身的——是個身穿有如中世紀公主的禮服、看似洋娃娃的少女。我之所以會以為她是洋娃娃，是因為她的容貌實在過於美麗。

眼睛、鼻子、就連嘴巴都像洋娃娃，感覺不出人類的氣息，帶著經過人工雕琢的美感。也可以說是散發強烈的詭譎氣息吧。一頭金色長髮帶著波浪捲，更是強化洋娃娃的印象。而且臉色又像死人一樣蒼白。

那和加斯帕因為足不出戶的白不一樣，是種完全感覺不到生氣的色澤。

深紅雙眸比加斯帕更深、更濃。

外表看起來年紀應該和我們差不多吧？不過我聽說吸血鬼也和惡魔一樣長命，也能隨意改變外貌……

——

我確認少女的腳邊，瞪大眼睛。

——沒有影子。

……這表示她是真正的吸血鬼。好吧，這也是理所當然的，不過還是眼見為憑。

少女背後跟著身穿套裝的一男一女。是跟班——保鑣之類的嗎？

兩人的臉色也很蒼白，應該也是吸血鬼吧。可以感覺到他們散發冰冷帶刺的氣息。

喔喔，我又知道一件事。他們身上感覺不到任何氣焰，完全沒有源自生命的力量波動。

少女——吸血鬼訪客有禮地向莉雅絲還有我們打招呼：

「你們好，三大勢力的各位。尤其是兩位魔王大人的妹妹，還有墮天使的前總督大人，能夠見到幾位真是無上的榮幸。」

在莉雅絲的示意下，吸血鬼少女在莉雅絲對面的座位坐下。

在坐下之前，她先報上名號：

「我叫愛爾梅希爾德·卡恩斯坦。請叫我愛爾梅。」

……好個尊爵不凡的名字。聽起來就很高貴。

老師摸摸下巴：

「卡恩斯坦。我記得那在吸血鬼兩大派系之一的卡蜜拉派中，也是最上位等級的世家。好久沒見到純血的高位吸血鬼了……」

卡蜜拉派——

沒錯，莉雅絲和老師事先已經針對吸血鬼業界幫我惡補了很多知識。

吸血鬼是自古便已存在的黑暗世界居民。階級制度和弱點都和上級惡魔非常相似，不過惡魔住在冥界，吸血鬼則是住在人類世界的黑暗中。有很多相似之處，然而價值觀、文化的差異也不少。

惡魔和吸血鬼一直以來都是井水不犯河水，在這樣的關係之下同時以人類為食糧維生。天界——上帝的使徒對雙方而言也同樣都是天敵，但是未曾並肩作戰，至今為止都保持一定的距離。

不過惡魔方面響應今年夏天三大勢力發起的和議，消弭長期以來的三方制衡狀態，然而吸血鬼卻連坐下來談也不願意。

因此他們至今仍和天界——教會的戰士發生零星的衝突。

——關於吸血鬼的基本知識差不多就像這樣，問題在於兩大派系。

聽說在幾百年前，曾經發生讓吸血鬼業界內部徹底決裂的事件。

那就是采佩什派和卡蜜拉派的誕生。采佩什派奉行父權主義，卡蜜拉派奉行母權主義。

其實我也搞不太清楚，好像是針對為了讓純種吸血鬼繁衍下去，應該以男性真祖為尊還是以女性真祖為尊，對此抱持不同主張的人長年對立下不斷糾結，終於在幾百年前分裂成兩批人馬。

依照老師的說明，她——愛爾梅希爾德是母權主義卡蜜拉派的吸血鬼囉。

愛爾梅希爾德坐了下來。等到朱乃學姊端茶給她之後，莉雅絲便開門見山發問：

「愛爾梅希爾德，不好意思這麼突然，不過我就直接問了——能不能請妳說明來見我們的理由？一直以來總是避免和我們有所接觸的卡蜜拉派，怎麼會突然來到吉蒙里、西迪，還有阿撒塞勒前總督的面前？」

愛爾梅希爾德閉上眼睛，點了一下頭，然後緩緩睜開眼睛：

「——我們想借用加斯帕．弗拉迪的力量。」

——！

…………對於完全沒有想到的答案，我們只能感到驚訝，無話可說。所有人的視線都集中在加斯帕身上。

……阿加抖個不停。看來他也沒想到對方會說出他的名字吧。不，就連我們也沒有想到對方的目的是加斯帕。

——這樣一來，立刻會聯想到加斯帕那個剛覺醒的能力……不不不，就算真是這樣，她們為什麼會想要那個力量？

正當我滿心疑問時，老師詢問愛爾梅希爾德：

「真是開門見山的問題和直截了當的回答。不好意思，還是請妳依序說明一下——吸血鬼的世界發生了什麼事？」

愛爾梅希爾德開口：

「我們吸血鬼世界發生的事，正在逐漸推翻我們最根本的價值觀。或許情報已經流出，各位都聽說了也說不定，事情就是采佩什那邊出現一個持有神滅具(longinus)的混血兒。」

……喔喔，原來是那件事。這麼說來，之前的確聽說吸血鬼的世界出現神滅具(longinus)持有者，因此鬧得不可開交……

她來的目的也和那件事有關啊。這樣看來，事情可能比我以為的還要複雜。不過持有者不是出現在她所屬的卡蜜拉派，而是另外一個派系——采佩什派。

采佩什派的混種吸血鬼是神滅具(longinus)持有者。但是來找我們會談的卻是卡蜜拉派……這下麻煩了，事情肯定很麻煩！

老師瞇起眼睛發問：

「那麼采佩什持有的神滅具(longinus)是什麼？」

神滅具(longinus)——

魔獸騷動之後，我找老師問過神滅具(longinus)的事。

神滅具(longinus)共有十三個，以目前查明的部分來說，惡魔方面有「赤龍帝的手甲(boosted gear)」和「獅子王的戰斧(regulus nemea)」兩種。也就是我和塞拉歐格的「士兵(pawn)」雷古魯斯。

然後天界方面是鬼牌擁有的，號稱第二強的「煌天雷獄(zenith tempest)」；墮天使方面則有老師的部下「刃狗(slash dog)」持有的「黑刃狗神(canis lykaon)」。

魔法師協會——和三大勢力關係良好的梅菲斯托．費勒斯先生的組織當中有「永遠的冰姬(absolute demise)」。和三大勢力保持距離，受到諸多魔法師視為危險分子的離群魔法師集團則是有「紫炎祭主的行刑台(incinerate anthem)」的持有者。

除此之外還有瓦利持有的「白龍皇的光翼(divine dividing)」，「禍之團(Khaos Brigade)」英雄派的「黃昏聖槍(true longinus)」、「魔獸創造(annihilation maker)」、「絕霧(dimension lost)」三種，目前的情勢就是這樣。只是英雄派停止運作之後，那三種也下落不明……最詭異的是神器(sacred gear)也還沒進入離開他們身上，轉移到下一個宿主的階段……

目前知道下落的就是這些。就連掌握到這些情報也是最近的事，可見鎖定持有者的工作有多麼不順利。

目前仍然下落不明的剩下三種——「幽世聖杯(sephiroth graal)」、「蒼藍革新的箱庭(innovate clear)」、「終極羯磨(telos karma)」就連三大勢力也尚未掌握詳細消息。

……聽說關於「蒼藍革新的箱庭(innovate clear)」阿傑卡．別西卜陛下已經查明持有者的來頭……不過詳情仍在調查中。

這樣一來，三大勢力這邊尚未查明的只剩下兩種，而吸血鬼得到的不知道是哪一個。是「幽世聖杯(sephiroth graal)」呢？還是「終極羯磨(telos karma)」呢？

愛爾梅希爾德的回答是：

「——是『幽世聖杯（sephiroth graal）』。」

聽見她的說法，老師的眼神變得更加嚴肅。

「偏偏是聖遺物（relic）之一——聖杯啊。」

聖遺物（relic）——曹操持有的聖槍也是其中之一。

知道這件事時，我就聽說神滅具（longinus）當中還有其他聖遺物（relic），就是「幽世聖杯（sephiroth graal）」和「紫炎祭主的行刑台（incinerate anthem）」。前者是聖杯之一，後者則是聖十字架。

老師繼續說下去：

「在最後的晚餐使用的杯子、盛裝耶穌寶血的杯子，有關聖杯的傳說特別多。但是那個神器（sacred gear）不是普通的聖杯。那是神滅具（longinus），而且是足以顛覆生命常規的東西……妳叫愛爾梅希爾德吧，不死的吸血鬼想用那個追求什麼？」

「絕對不死的身體——即使木樁釘在心臟、十字架近逼眼前、不睡自己的棺材、照到太陽光也絕對不會毀滅，采佩什的人得到這樣的身體。不，正確說來，他們得到的——應該是不容易毀滅的身體吧。因為聖杯的力量似乎還不完全。」

她接著補充：

「他們即將成為毫無弱點的存在，為此捨棄身為吸血鬼的自尊。如果只是這樣還無所謂，那些人竟然前來襲擊我們。而且已經造成傷亡。這一連串的行為，我們並不打算輕饒。同樣身為吸血鬼，我們準備肅清他們。」

愛爾梅希爾德的眼睛變得陰暗，充滿強烈的憎惡之色。

對於否定吸血鬼的生存方式，攻擊他們的采佩什派，她似乎感到相當不悅。不過遭受襲擊之後會有這種反應，也是很正常的事。

「卡蜜拉方面對於否定吸血鬼的生存方式還發動襲擊的采佩什派的所作所為，感到很不是滋味吧。也對，遭到攻擊任誰都會火大。」

聽老師這麼說，愛爾梅希爾德點點頭：

「是的，就是這樣。然後我們的目的——」

她的視線移到加斯帕身上。紅色雙眸和紅色雙眸彼此對望。

「就是借用那邊的加斯帕．弗拉迪之力，阻止采佩什的暴行。」

…………事情果然變得很麻煩。

她想叫我們的阿加參加吸血鬼之間的鬥爭嗎……！

莉雅絲冷靜發問：

「……這和加斯帕身為弗拉迪家的——采佩什方面的吸血鬼的身分有關嗎？」

……她的態度和語氣和平常一樣優雅，但是我看得出來。莉雅絲的內心正在一點一點冒出沸騰的激情。

至今一直不願回應交涉的吸血鬼，卻說想要借用他可愛的眷屬加入鬥爭。對於特別深情的莉雅絲而言，聽見這種事不可能默不作聲。

儘管如此，為了問出對方的真意，也為了盡可能了解加斯帕，表面上還是強裝平靜。一直待在她的身邊，我也變得看得出這種程度的變化。

對於莉雅絲的問題，愛爾梅希爾德露出意有所指的笑容：

「這也是原因之一，莉雅絲‧吉蒙里大人。不過我們真正想要的，是加斯帕‧弗拉迪的力量。關於他潛藏的力量覺醒了，我們也略有耳聞。」

——！

這些傢伙怎麼知道加斯帕發揮驚人的力量？不，我也沒有親眼見過，應該很厲害吧？畢竟他打倒持有上位神滅具（longinus）又擅長魔法的英雄派格奧爾克，那股力量想必超乎尋常。他們認為拿加斯帕去對付對方的神滅具（longinus）持有者準沒錯吧。

愛爾梅希爾德繼續說下去：

「我們想以吸血鬼的力量解決吸血鬼之間的鬥爭。為此希望你們可以將加斯帕‧弗拉迪的力量借給我們。」

他們想靠加斯帕的力量平息吸血鬼的內部鬥爭？我可以理解他們的現況相當糟糕……但

是老實說，和阿加好像沒有直接的關係吧。

加斯帕原本是弗拉迪家的人沒錯，但他早就被逐出家門，現在已經是吉蒙里眷屬了，可以的話我們也不想插手吸血鬼之間的鬥爭。

……和平才是最好的。不過要是加斯帕會有危險，事情當然另當別論。不，照這個走向看來，加斯帕還是可能遭到連累……搞不好除了卡蜜拉之外，采佩什方面也會跑來說「加斯帕原本是我們家的人，把他還來。在鬥爭當中用得上！」之類的話……？

……或許是因為一直發生討厭的戰鬥吧，害我往多餘的方向思考。

莉雅絲皺眉發問：

「……那股力量是什麼？妳們知道那股力量嗎？」

切中核心的問題。我們想知道的事情本質。好了，她會怎麼回答呢？

我們的視線都落在吸血鬼少女身上。

「……在極為罕見的狀況下，血族當中誕生的後裔會擁有超脫吸血鬼原有能力的異能。以現世來說，這種狀況多半出現在混血種身上。加斯帕·弗拉迪也是其中之一。隸屬於卡蜜拉派的我們，擁有的資料不足以查出詳情。不過采佩什方面或許會有什麼線索。」

站在吸血鬼的角度看來，加斯帕的力量也是那麼不同凡響嗎？

也就是說如果想知道詳情，還是得去一趟弗拉迪家才行囉。

愛爾梅希爾德繼續說道：

「還有，關於最重要的聖杯。持有者當然是忌子——也就是混血兒，名字叫作瓦雷莉．采佩什。正是誕生在采佩什家當中的人。」

聽見那個名字，有人有了反應——是加斯帕。

他一臉快哭的樣子。

「……瓦雷莉……？不、不可能！瓦雷莉和我不一樣，她生下來時沒有神器！」

剛才還畏畏縮縮的加斯帕在聽見瓦雷莉這個名字時，立刻像是變了個人，對愛爾梅希爾德如此吶喊。

……那是對他來說很重要的人嗎？

愛爾梅希爾德回答：

「即使不是天生，神器也會因為某種契機而顯現。這個你應該也知道吧？瓦雷莉——她也不例外。我們推測她是在近年才覺醒，得到能力的。」

的確。我的神器也是今年才顯現。神器這種東西有時候會在不知不覺當中顯現，會在哪個年紀覺醒有很大的個人差異。

老師瞇起眼睛，雙手抱胸：

「我看他們八成是在我們和天界觀測、鎖定持有者之前，將她藏起來了吧。真拿他們沒辦法。討厭神聖力量的吸血鬼，得到屬於聖遺物的神滅具（longinus）——聖杯卻沒有拋棄，也不交給我們，反而是藏在自己身邊。」

「我也這麼覺得。」

老師如此表示，愛爾梅希爾德也附和他。

愛爾梅希爾德看向加斯帕。加斯帕儘管顯得怯懦，這次沒有閃躲，正面迎向視線。

「加斯帕．弗拉迪，對於放逐你的弗拉迪家——對於采佩什派，你是否懷恨在心？憑你現在的力量，應該能夠報仇雪恨。」

「……我、我只要能待在這裡就很滿足。光是能和社長還有大家在一起，我就——」

「——雜種。」

一聽見這兩個字，加斯帕的表情便蒙上陰霾。確認他的反應，愛爾梅希爾德繼續說道：

「——不純物、忌子、贋品，你生活在弗拉迪家時，他們都是怎麼叫你的？能夠和你有同感的，只有采佩什家的混血兒瓦雷莉吧？我都聽說了，采佩什方面的混血兒有一段時間曾經被集中軟禁在城內，當時你和瓦雷莉過著彼此扶持、互相幫助的生活。難道你不想阻止瓦雷莉嗎？」

這時原本一直默不作聲的葛莉賽達修女開口：

「你們那麼忌避、討厭那些混血兒，但是追根究柢，帶走人類、利用他們洩慾，最後讓他們懷上孩子，還不是因為吸血鬼恣意妄為？因為你們在民間作亂，我們教會的人一直以來都必須抱著悔恨小心善後。可以的話，我真想請你們別再因為興趣而和人類結合。」

態度依然溫和，但是話中充滿怨恨。而且說的時候依然面帶笑容！不愧是伊莉娜的上司兼潔諾薇亞的前監護人！

愛爾梅希爾德掩著嘴巴輕笑：

「那還真是抱歉。不過狩獵人類是我們吸血鬼的本質。這點我想惡魔和天使也是一樣吧？實現人類的欲望換取代價，還有需要人類的信仰心。我們這些非人者，不全都是必須以人類為食糧才能活下去的『弱者』嗎？」

沒錯，惡魔並非正義。因為有很多人類因為不公平的交易被迫成為惡魔的僕人。

可是我放棄人類的身分，只能以惡魔的身分活下去……但是卻又在人類和惡魔兩種定位之間來來去去。這就是現在的我。

這個吸血鬼少女則是屬於非人的一方，視人類是食糧。不打算進行公平的等價交換，而是單方面的狩獵！

……我討厭這個少女的眼神。面對非我族類時，她的眼中充滿極度的輕蔑。

而且她還稱呼混血兒加斯帕為「忌子」、「雜種」什麼的……

這麼說來，聽說純血的吸血鬼對於血統和階級比惡魔還要堅持。原來如此，看見這個愛爾梅希爾德就能完全理解。

——對這些傢伙而言，這個世界只有純粹的吸血鬼還有除此以外的種族，這兩種區別。

愛爾梅希爾德叫來在後方待命的保鑣吸血鬼，從皮包當中拿出某種文件：

「我也不是空手而來。我們準備了文件。」

愛爾梅希爾德將文件交給老師。

老師接過文件看了一下之後，嘆了口氣：

「……關於卡蜜拉方面的和平協議啊。」

「——！」

聽到老師的發言，在場的我們都大吃一驚！

……居然打出外交牌……！時至今日都未曾理會我們，到了現在對我們有所求的時候才來這招！

老師將文件放在桌上，對愛爾梅希爾德說道：

「也就是說，今天的會面是外交會談——妳是以特使的身分來見我們的，是吧？」

愛爾梅希爾德帶著笑容回答老師的問題：

「是的，我們的女王卡蜜拉陛下對於我們和墮天使的總督大人以及教會之間對抗已久的歷史感到憂心，表示想要休兵。」

對於愛爾梅希爾德的對應，老師的額頭浮現青筋：

「妳弄錯先後順序了吧，這位小姐。照理來說應該先拿出議和的文件，再提到神滅具的事才對。這個做法豈不是在說我們不幫你們的話，就不打算回應和議嗎？」

葛莉賽達修女瞇起的眼睛也散發危險的氣息，卻還是故作平靜跟著開口：

「我們三大勢力無論對象是誰，對於各陣營都提出、回應和議。要是現在拒絕了這次協商，未來將難以令其他勢力信服。『對於各勢力提倡和平，自己卻在解除緊張情勢時挑對象』——大家難免會這麼認為吧。而且不是暫時停戰，而是完全休兵。真是直指我們的弱點。」

…………

這、這些傢伙太卑鄙了……！為了要我們把加斯帕借給他們，居然拿和議當條件……！

如果我們不答應的話，別說我們的——莉雅絲的面子掛不住，就連莉雅絲的哥哥瑟傑克斯陛下也可能失去信用！身為開關公主，又對付那麼多恐怖行動，莉雅絲建立的功勳讓她格外引人矚目。要是拒絕這個要求，即使會對我們今後的活動造成妨礙也不奇怪吧！

莉雅絲憤怒到開始發抖。蒼那會長握著莉雅絲的手搖搖頭，試圖安撫她。

愛爾梅希爾德揚起嘴角開口：

「請放心。吸血鬼之間的紛爭，只有吸血鬼來解決。只要你們願意把加斯帕・弗拉迪借給我們，我們也別無所求。我們承諾和你們進行和平協商，也答應成為你們和弗拉迪家之間的溝通管道。」

我終於忍不住發問：

「等一下。要是我們把加斯帕送到你們那邊，你們有打算將他平安送回來給我們嗎？不，我可不是說決定要借！只是想先問清楚！」

當然要問清楚。如果我們把加斯帕送進他們的紛爭，他們卻不保證讓他平安回來的話，這樣……這樣我可不會答應……！他可是我的寶貝學弟……！

愛爾梅希爾德以輕蔑的眼神看著我：

「你是上級惡魔莉雅絲．吉蒙里小姐的僕人——赤龍帝吧？你有權對身為特使的我發言嗎？即使你是赤龍帝，卻只是沒有權力的僕人，應該沒資格對我表示任何意見吧？」

——！

憤怒使我的腦袋瀕臨沸騰。我真想現在就對她大喊「妳在胡說八道什麼」——！但是要是我這麼做，一切都會泡湯……！

可、可惡！這、這個女人……！居然這麼……！沒錯，我的確沒有任何權力！但是加斯帕他……！

——這些自以為高高在上的傢伙意思可是「乖乖把加斯帕交出來我們就答應和你們和平

共處」啊！

木場舉手制止我，向莉雅絲使個眼色。莉雅絲也重重吐氣，試著讓自己冷靜下來。這時老師代替莉雅絲開口：

「犧牲吉蒙里繼任宗主的一名眷屬，換取和吸血鬼方面的休兵協定啊。說得直接一點，你們卡蜜拉方面的意見就是這樣吧？」

老師體恤莉雅絲的心情，說出她的心聲。

「又不一定會犧牲。他如果能夠輕鬆解決這件事當然是最好的。」

愛爾梅希爾德臉不紅氣不喘地說出這種話。

「你們也不希望我們介入吧？居中為雙方調停，或是協助其中一方的話呢？你們就是因為戰力不足才需要加斯帕吧？」

對於老師的提議，愛爾梅希爾德搖頭表示：

「不，我們的紛爭還是要靠我們自己分出勝負。如果只是顧問，就隨各位的便。」

……太自私了。真是太自我中心了。這就是純種吸血鬼。除了自己的世界以外的事物完全不在乎。而且不管是混血兒還是什麼，只要派得上用場，即使是來自對立勢力的人也要利用。就算是曾經迫害的對象，有一半是吸血鬼也不例外。

……充滿矛盾。簡直太不講理了……！

最後愛爾梅希爾德望著我們所有人，站了起來：

「到此結束。今晚能夠見到各位真是太好了。也要特別感謝您寬大為懷，願意邀請吸血鬼進入自己的根據地，莉雅絲．吉蒙里大人。」

愛爾梅希爾德刻意為之的冰冷微笑，讓莉雅絲的表情顯得憤怒。她的眼中燃燒著怒火。

「……是啊，今天可以進行這次貴重的會談真是太好了。讓我更加了解你們。」

「那麼就此告別。我會把隨從留在這個地方。如果有什麼事，請透過他轉達──那麼，我們靜候各位的佳音。」

毫不在意莉雅絲在最後的最後說出的挖苦發言，黑暗世界的居民離開舊校舍──

○●○

會談結束之後，過了十分鐘左右──

潔諾薇亞終於忍不住拍打桌子：

「……吸血鬼還是一樣討人厭……！」

真虧潔諾薇亞可以忍到現在。她就在我身旁一直散發帶著敵意的氣焰。

葛莉賽達修女喝了一口茶，對潔諾薇亞開口：

「如果是以前的妳，早就拿杜蘭朵砍過去了吧。真虧妳能忍住。成長了不少呢。」

聽到修女的稱讚，潔諾薇亞露出複雜的表情紅了臉。

不過潔諾薇亞說得很對。吸血鬼真的很討厭！那是怎樣！怎麼想都不覺得和加斯帕同樣種族！這個傢伙明明是個和紙箱一起生活的開心果，而那些傢伙……只有令人不悅的感覺和莫名其妙的自尊心！

唯一保持冷靜的蒼那會長對莉雅絲開口：

「妳打算怎麼做？總不能不把協定當作一回事吧。這樣一來，等於得把加斯帕送出去。那麼……最糟糕的狀況就是可能失去他。」

蒼那會長明瞭的答案，讓加斯帕的表情也顯得複雜至極。

這也難怪。他也沒想過自己竟然會成為外交籌碼吧。而且還是很難拒絕的狀況。就算不是在這種狀況，正當我們大聲提倡和平時，吸血鬼方面特地提出要求，好不容易願意坐下來談判，我們總不能一口回絕。

以普遍的價值觀來看，在只需要交出加斯帕一個人的條件下，就能夠和半個吸血鬼陣營休兵，應該算是很划算吧……

這讓我很不甘心，可以的話我也想拒絕，卻又沒有理由說不。對吉蒙里眷屬來說，這是最糟糕的發展吧。

加斯帕深深吸了口氣，以顫抖的聲音開口：

「我、我要去。」

——！

沒想到這個傢伙會自己說要去……而且眼神當中充滿決心。

加斯帕繼續說道：

「……我並不打算再次回到吸血鬼的世界，對我而言這裡才是故鄉。可、可是，我想去救瓦雷莉！她……她是我的恩人。多虧有她，我才能逃出那座城，來到這裡……雖然死過一次，卻得到溫柔的主人、可靠的學長姊，有願意陪我一起玩的朋友……我變得這麼幸福，她卻有可能正遭逢不幸，一想到這裡，我就……我想她一定正在面對不平等待遇！」

加斯帕露出男子漢的表情，對莉雅絲說道：

「我想去救瓦雷莉！而且絕對不會死！我會救出瓦雷莉，回到這裡！」

……說得好。這個紙箱吸血鬼，居然露出男子漢的眼神和表情。

你已經可以表現得這麼帥氣了。

我默默摸摸加斯帕的頭。

我的學弟。你果然是個吉蒙里眷屬的男生。

聽了阿加的決心之後，莉雅絲也站了起來：

「——我也要去。這次我一定要和弗拉迪家坐下來好好談談。我要先過去親眼確認那邊的現況。至於是否讓加斯帕過去，等之後再決定也不遲。」

莉雅絲的眼中也燃起火焰。我們的主人要親自前往第一線啊。

大概是加斯帕那番話點燃她的熱血吧。那也點燃我心中的熱血！救出過去曾經照顧自己的女生！對男人而言再也沒有比這個更棒的狀況吧！

「那麼我們也——」

聽到我的話，莉雅絲搖搖頭：

「不，一誠和其他人要留下來待命。到時候說不定會有什麼萬一。」

「……此話怎說？」

莉雅絲豎起兩根手指，回答我的問題：

「以前提條件而言，我身為加斯帕的主人，由我直接拜訪才合乎道理，也不至於對對方失禮。然後你們必須在這裡待命的理由大致上有兩個。一個是萬一這裡發生什麼事，即使我不在，你們也能夠立刻行動。因為說不定會有人襲擊這裡，還是留下一些人對應比較好。第二個……」

莉雅絲望著全體眷屬：

「要是我在那邊發生什麼事，也會需要人手過來救援。」

木場發問：

「社長是否預期會發生什麼事，或是被捲入什麼麻煩當中嗎？」

「沒錯，祐斗。如果什麼事都沒發生當然是最好的，但是根據到目前為止的經過、吸血鬼的問題研判，確實很有可能被捲入麻煩事裡。不，應該說以此為前提而行動才對。」

「既然如此，一開始就讓我們跟去應該比較好吧……」

我再次確認，但是莉雅絲沒有同意：

「所有人都過去的話，這麼大陣仗也會讓對方提高警戒。要是對方認為我們可能想憑武力解決問題，交涉也會變得更加困難。還是應該由我先過去……面對那些原本一直不願意聽我們說話的吸血鬼，至少該有這等氣概……我這樣算是思慮不周嗎？」

她向阿撒塞勒進行確認。

「以眷屬都是力量派的『國王(king)』來說還不壞。不過只有妳一個的話，我不放心。這次的事情肯定和采佩什、卡蜜拉雙方某些不為人知的狀況有關。因為她剛才的話中有好幾個令我無法信服的地方。」

「我當然會作好最低限度的準備——我打算帶『騎士(knight)』過去。沒問題吧，祐斗？」

「遵命，包在我身上。」

有木場當跟班啊。啊啊，這樣就沒問題了。

「木場也跟去的話我就放心了。」

這是我的回答。這傢伙的實力我最清楚。我和木場不知道交手過幾次囉？這個傢伙才是莉雅絲名符其實的騎士。

老師稍微活動一下脖子，同時說道：

「——我也要去。我會先去見卡蜜拉，然後至少會談到可以讓幾名吉蒙里眷屬在吸血鬼的紛爭當中行動的程度。為了達成目的，我打算帶幾樣伴手禮過去。相反的，莉雅絲應該要直接到弗拉迪家。要是讓莉雅絲到卡蜜拉那裡露臉，他們應該會加強警戒吧。」

他打算帶東西當成和談的條件啊。不愧是老師，一出手就一定要有收穫！

如果我們也可以派幾個人參加行動，事情就另當別論。這樣可以降低加斯帕的危險，或許也能救出那個擁有聖杯的吸血鬼女子。

「可是老師親自出馬，不會遭到警戒嗎？你是墮天使方面的重要人物耶。」

另外派人跟著老師比較好吧？我不禁如此心想。

「總比現在仍在對付吸血鬼的天界和教會——天使還要好一點吧。話說我對神器(sacred gear)知之甚詳，可以成為交涉的利器。」

「啊，比方說聖杯之類的！」

「沒錯，就是這麼回事。今天過來的那些傢伙，最想談話的對象也是我吧。」

老師對修女和伊莉娜——也就是天界方面的人員表示：

「伊莉娜、葛莉賽達修女，請妳們把這件事告訴米迦勒。聖杯加上吸血鬼，怎麼想都會出問題。」

修女點點頭：

「好的，我知道了。米迦勒大人也說過，必要的時候我們會打出鬼牌，我們也不希望事情演變成最壞的結果。」

聽葛莉賽達修女的話，老師也稍微吃了一驚：

「……你們可以這麼輕易打出鬼牌嗎？這表示你們對待我們的規格又提高了。好吧，來找我們麻煩的都是些很難搞的傢伙，這也是理所當然。既然事情和聖杯有關，或許真的得找鬼牌幫忙。聖杯和吸血鬼。原本互斥的神聖與黑暗，湊在一起八成不會有什麼好事。真希望可以將犧牲控制在最小限度。」

「是啊，為了避免發生最糟糕的情況，四大熾天使（Seraph）大人也希望各位可以充分利用那個閒閒沒事做的鬼牌。他就是這樣，只要一有空就會到處去找好吃的東西，完全聯絡不上。比那個潔諾薇亞還要傷腦筋。」

我沒見過那個鬼牌，修女認識他嗎？

算了，先不管這個，來整理一下狀況。

莉雅絲和木場、老師決定去見吸血鬼。剩下的成員包括加斯帕在內，都在這個城鎮待命。如果莉雅絲那邊發生什麼事，我們再過去和他們會合。

沒有發生任何事當然最好……但是依照老師的說法，似乎很難避免起爭端。到時候我們也得出動嗎……？

當然是希望沒有任何犧牲，不過事情恐怕沒有這麼簡單……

我所能做的，只有全力排除找上莉雅絲和夥伴的爭端。

這次深夜的會談，一方面讓我振作起氣勢，一方面也讓我感到極度不安——

—○●○—

會談結束，稍事休息之後，我在舊校舍的其他教室請阿撒塞勒老師看一下我的手甲。

在冥界和英雄派交戰之後，德萊格的睡眠時間變長，也讓我無法發揮神器(ssacred gear)的真正力量。

所以我會定期像這樣請老師確認神器(sacred gear)的狀況。

「……手甲的寶玉，光輝還是不夠亮。可見他在為你調度新身體時，消耗的力量有多麼龐大。」

「老……老師，這種狀態會一直持續下去嗎？」

「不，只要在讓你復活時消耗的力量恢復之後，就會變回和從前一樣吧。你當成他現在是透過睡眠來恢復體力就行了。比較重要的問題是你的生命力。」

「……好像變得很莫名其妙吧？」

聽到我的說法，老師點點頭。

沒錯，借助於偉大之紅的部分身體以及奧菲斯的力量，我得到新的肉體。

也因為這樣，我在使用之前的肉體時消耗的生命力，現在變得無法透過資料分析。

「因為你的身體吸收兩隻傳奇之龍中的傳奇之龍，偉大之紅和奧菲斯的力量。你的生命力反應一下子變成零，一下子又超出能夠測量的極限，變成理論上的無限，完全不知道是怎麼回事。之所以會歸零，大概是因為夢幻——偉大之紅吧。無限代表的自然是奧菲斯。」

「這表示我的生命力一下子死掉，一下子又復活嗎？」

「就連這個也還不清楚，這是史無前例的狀況。因為現在的你是從擁有人類外形的龍轉生為惡魔。不過倒是能夠讓狀況穩定下來。話說嘗試有了結果。這你也知道吧？」

正如同老師所說，只要像以前一樣讓莉雅絲或朱乃學姊吸取我的龍之氣，或是接受小貓的仙術治療，我那莫名其妙的生命力反應就會暫時恢復正常。

老師繼續說道：

「總而言之，那種歸零與無限的反應不知道會引發什麼狀況。說不定會讓你的生命力突然耗盡，或是急遽上升造成過度負荷都有可能。也就是說，請莉雅絲她們讓你保持正常才是最好的方法。」

簡單來說就是像之前一樣拜託女生照顧我就對了。

呼呼呼！太好了！可以保留那麼美妙的時光！啊啊，可以請莉雅絲和朱乃學姊用嘴幫我吸，又可以抱著嬌小的小貓。沒想到那麼幸福的時光沒有遭到剝奪，真讓我想好好向真龍和龍神道謝！不對，回家之後，我要好好拜一下奧菲斯！

莉雅絲和朱乃學姊的吸吮技巧每天都在成長……小貓最近也說「不穿衣服，直接接觸的效果說不定比較好」變得越來越大膽！

〈陷陷陷陷呀啊——〉

——！忽然間，那段歌詞浮現在我的腦中……偉大之紅大人，請您饒了我吧！下次見面時還是會把這個掛在嘴邊嗎？丟臉死了！

看著因幻聽而煩惱的我，老師苦笑說道：

「你在戰鬥時應該冷靜一點。只要有心應該辦得到吧？你最大的瓶頸就是在緊要關頭容易失去冷靜，做出平常不會做的事。你想一下，在對抗巴力之戰當中，對付那個『皇后（queen）』時，你不就因為過於憤怒採取很不像你的行動嗎？如果是平常的你，應該會用洋服崩壞（dress break）對付那個『皇后（queen）』看她的裸體才對吧？我知道你是因為夥伴們接連被打倒而氣昏頭……不過要是對比自己強的對手做出那種事，可是會沒命喔？」

被老師訓了一頓……嗯，我有時候的確容易缺乏冷靜、橫衝直撞。這是我的壞毛病……對付巴力的「皇后（queen）」時，我應該用洋服崩壞（dress break）打倒她才對吧？這麼一想，害我頓時因為沒有看見她的裸體而後悔……不過當時那已經是我的極限。

「算了，你畢竟還只是十七歲的小鬼。莉雅絲和你還有其他眷屬都還年輕，會有不完美的地方也是理所當然。」

成熟之後連性慾也會變得比較穩定嗎？我完全無法想像！十年後、百年後的我還是想繼續保持好色！不過即使是十年後，莉雅絲的胸部肯定還是美到不行吧！

嗯嗯嗯。我得放下這些煩惱，問老師一件正事才行。

「老師，你們打算何時出發？」

「總之等一下會去找莉雅絲討論。我們得趁這個好機會和吸血鬼方面好好交涉，否則之後會更麻煩。」

我只能誠心祈禱，他們這一路上不會發生任何事情。

既然有木場和老師，莉雅絲應該不至於被捲入最糟糕的事態裡……即使是這樣我還是非常擔心。

不過還是希望這次和吸血鬼的會談，能夠盡可能朝和平的方向發展。

話又說回來，和魔法師締結契約的事都還沒處理完畢。吉蒙里眷屬還真的很容易惹上麻煩啊。

……德萊格，拜託你趕快變回原本的狀態吧。要是沒有你在，我在緊要關頭就無法發揮全力。

我的好搭檔——你要再次和我一起衝下去喔？

正當我像是在默默喊話般凝視手甲時，老師嘆了口氣：

「你要好好愛護傳說之龍喔？雖然只剩下靈魂，他還是很貴重的活傳說喔。即使消滅也沒被封印在神器(sacred gear)，就連靈魂也下落不明的龍可是不計其數。」

話、話是這麼說沒錯……我當然會愛護德萊格！不、不過，和胸部龍有關的事，經常讓他很煩惱就是了！

接著老師像是想起什麼，拍了一下手：

「……對了，這件事先告訴你比較好。這是來自瓦利的情報。」

「瓦利？」

「那個傢伙走遍世界，到處尋找未知的事物，這件事你也知道吧？」

嗯，白龍皇就像養大他的人——阿撒塞勒老師一樣充滿求知欲，旅行全世界，到處見識不可思議的事物。

「聽說他經常在旅行的目的地撞見『禍之團(Khaos Brigade)』的成員。」

「這不是因為他們想要收拾遭到組織通緝的瓦利隊嗎？」

瓦利因為擅自將奧菲斯送到我們這邊而遭到「禍之團(Khaos Brigade)」追殺。畢竟他原本就和「禍之團(Khaos Brigade)」的其他派閥處得不好，被他們視為眼中釘。

老師繼續說道：

「瓦利在找的……都是據信已經滅亡的兇惡魔物。只要聽到有什麼可能還活著，他就會根據那些可信度不高的情報前去尋找。那個傢伙尋找強者的行動到了這種地步，連我都覺得他們只是一群超級閒人——然後在瓦利前往那些滅亡的魔物，主要是滅亡的龍曾經棲息的地方時，就會發現除了他們以外，『禍之團(Khaos Brigade)』的成員——魔法師派也派了人過去……而且不只是一兩次，所以八成不是巧合吧。」

「滅亡的龍……有些什麼有名的傢伙嗎？」

「我不知道你有沒有聽過，大概就像『新月暗黑龍(crescent circle dragon)』克隆·庫瓦赫、『魔源禁龍(diabolism thousand dragon)』阿日·達哈卡、『原初之晦冥龍(eclipse dragon)』阿佩普之類的吧。都是些令人懷念的名字。那些傢伙相當危險——因為太過殘虐遭到封印或是驅除。其他還有北歐的尼德霍格、相傳遭到第一代貝奧武夫解決的兇暴龍族格倫戴爾。同樣身為英雄的第一代海克力士在考驗當中打倒的拉冬，原本是負責守護傳奇果實的龍，但是也被解決了。日本的例子就是八岐大蛇吧。」

全是些沒聽過的名字。我知道的只有八岐大蛇，還有之前聽過名字的克隆・庫瓦赫。已經滅亡的強力龍族有這麼多啊。

「……其中特別值得一提的是克隆・庫瓦赫和阿日・達哈卡、阿佩普，都是如今已經完全絕跡的『邪龍』。弗栗多雖然也是『邪龍』但是和剛才提到的三隻相比只是小意思。」

邪龍——光是聽到這個稱呼就讓人覺得很恐怖。不過都已經滅亡了。

「那三隻龍有那麼誇張嗎？」

「就連弗栗多的靈魂也被切割，封印他的意識吧？邪龍的存在就是如此強大，必須做到這種程度才能將其抹滅。不過弗栗多在神器(sacred gear)融合之後也恢復意識。邪龍就是有這麼難纏。其中最為兇惡的就是克隆・庫瓦赫、阿日・達哈卡、阿佩普了。」

嗚哇，就連弗栗多都已經讓我不寒而慄，那三隻還在他之上……太可怕了。

「……他們比二天龍還強嗎？」

「再怎麼說還是現役時期的紅白比較強吧。不過其他龍好像也都盡可能避免和『邪龍』發生爭執。『邪龍』或是和屬性相近的龍，對付起來可是十分棘手。也就是說不要接觸他們為妙。」

……沒事去碰「邪龍」等於自找麻煩就對了。老師摸摸下巴，繼續說下去：

「話說回來，我也好久沒提到已經滅亡的那些龍——尤其是『邪龍』。不過這樣你就清楚了吧？——擁有力量又愛作亂的龍都會遭到消滅，毫無例外。人稱五大龍王最強的迪亞馬特就是個很機靈的傢伙。巧妙地融入世俗當中，過著自由自在的生活。」

愛作亂的龍啊。德萊格和阿爾比恩就是吧。然後就因為太亂來才會被三大勢力解決。

「龍還是要像坦尼大叔那樣威風。看起來就很有龍王的感覺，我覺得他超帥的。」

嗯，我見過的龍當中，感覺最像龍王的就是坦尼大叔。為了其他龍族挺身而出，保護大家的態度令我相當尊敬！

老師也同意我的意見。

「是啊，說得對。想和現存的傳說之龍往來，找他就對了。那才是真正的龍中之王。像他那種龍現在已經找不到了，你可要好好觀察他，好好參考。」

是的，長官！將來我要變成像大叔一樣了不起的龍……不不不，是要當上後宮王龍！

「總而言之，那群恐怖分子似乎也在暗中盤算什麼……或許又會發生什麼不好的事，你先作好這樣的心理準備吧。」

「好的。」

語畢的老師把手放到我頭上：

「不好意思，老是讓你們那麼辛苦。這次可能又得讓你們做些苦差事了。」

「真的，我都快受不了了。不過要是有敵人來犯，也只能擊退他們了。我們就是這樣一路奮戰過來的。」

套一句小貓說過的話，他們要來也只能加以打倒。為了活下去，我們必須盡可能變強，突破重重難關。這就是吉蒙里眷屬！不，這就是駒王學園的神祕學研究社！

「好吧，我也為了在冥界的事業忙得不可開交。」

「有什麼新事業嗎？」

聽到我的問題，老師立刻露出奸笑。啊，每次他有什麼企圖時都會露出這種表情。

「喔，我在炒地皮。」

居、居然是炒地皮。

「冥界分成惡魔和墮天使兩方，關於這點你也知道吧？」

「知道。」

「其實是這樣的，和惡魔那邊相比，墮天使的居民比較少，土地還有很多。住在墮天使這邊的，都是純粹的墮天使還有和墮天使有關的種族，再來就是墮天使和不同種族的混血兒。即使和面臨種族存續危機的惡魔相比，我們的居民還是很少。畢竟我們和惡魔還有天使不同，故意選擇不用轉生系統。」

的確是這樣。老師所屬的神子監視者(grigori)故意不建立增加墮天使的轉生系統。想要的話也做得出來，但是故意不做。

「壞天使只要有我們就夠了。」老師之前說過這種話。

「——所以囉。我正在利用多餘的土地開發度假區，推銷給締結同盟關係的勢力。計畫的規模相當可觀，裡面還有商業設施和賭場。各勢力想要別墅的上流階級都已經搶著要下訂了。我想這應該會成為龐大的產業吧。畢竟墮天使在許多方面也需要最重要的東西——也就是資金，所以我們也得做點生意。」

原、原來如此……墮天使——神子監視者也開始做起各種生意了。我聽說神子監視者的研究現在多半成為他們的收入來源。

老師好像很適合做生意。

——這時有人敲門。走進來的人是莉雅絲。

「阿撒塞勒？你檢查完一誠了嗎？我們來決定離開日本的時程。」

「喔，好啊。話說既然要出遠門，在那之前我有點私事要告訴愛西亞……可以把愛西亞一起叫來吧？」

「可以啊，我無所謂。是為了那件事吧？聽說好像很順利，真是太好了。看來請奧菲斯居中協調的方法奏效了。」

愛西亞的事……？這讓我相當好奇。和奧菲斯也有關嗎？

就是這樣，莉雅絲和老師、木場開始討論啟程的事宜。

「……『即使你是赤龍帝，卻只是沒有權力的僕人，應該沒資格對我表示任何意見吧？』啊。」

○●○

太陽還沒出來的早晨——

我在兵藤家地下的大浴場淋浴。早起的我偷偷溜下床，沒有吵醒莉雅絲和愛西亞，來到這裡。

我在腦中回想起昨晚卡蜜拉派的吸血鬼——愛爾梅希爾德對我說的話。

……身為僕人，沒有發言權力的赤龍帝……

也對。即使在冥界是有名的「胸部龍」對於其他勢力而言，我依然是「莉雅絲．吉蒙里的僕人赤龍帝」。這是事實，我無從辯解。

只是在這種外交場合，我還真是派不上用場。

我和北歐的奧丁老爺爺還有京都的妖怪建立良好關係，不過那應該是特殊狀況吧。基本上我對其他勢力來說，還是沒有發言權的中級惡魔。

……我不是自以為是。只是在這個場合無法成為莉雅絲和老師的助力，讓我很不甘心。

可惡……

就連想要以正常手段保護我的寶貝學弟……保護加斯帕，都還需要力量以外的東西。

……不，別太看得起自己。我……只要在必須保護夥伴時堅持到底就行了。外交是瑟傑克斯陛下和老師他們的工作。我該做的，只有我做得到的事。

心有不甘讓我咬牙切齒。蓮蓬頭灑落的熱水感覺十分舒服。

「我真是微不足道……可惡，我一定要成為上級惡魔……不不不，我和木場那個傢伙約好了。」

沒錯。在中級惡魔考試之前，我才和那個傢伙說過。

——要成為最上級惡魔。

「那傢伙要成為最強的『騎士（knight）』，我則是最強的『士兵（pawn）』——」

就在我說出這句話，重新表明自己的決心時。

突然有人打開大浴場的門。我轉頭看去——發現那是正打算走進來，全身上下一絲不掛的蕾維兒——————！

「……一誠大人？」

「啊，抱歉！我想說一大早沒人在洗，所以就進來了！」

我忍不住道歉！因為這個大浴場基本上是女生使用！雖然我也會用，但是女生要用的話還是她們優先！當然了，碰巧撞見有時候也會一起洗！

蕾維兒是客人，又是我的學妹，這樣對她太失禮了！我還是趕快離開吧！

可、可是，全裸的蕾維兒！她的體型雖然嬌小，身材卻已經很有女人味……！胸部也不小！平常的頭髮也都放下來，所以給人的印象完全不同！等等，不是這樣！

正當我在心中苦惱時，蕾維兒對我說道：

「……我、我來幫你刷背！」

──

未曾預料的一句話，讓我的腦袋瞬間一片空白。

「……力道可以嗎？」

「啊，嗯。應該可以吧……」

如此這般，蕾維兒幫我刷背。她正拿著毛巾搓洗我的背。

……我原本還以為她會大喊「一誠大人是色狼！」之類的，然後用炎之翼燒我……沒想到今天早上會這麼大膽，讓我有點困惑！

在她幫我刷背的這段時間，默不作聲也很尷尬，所以我們聊起昨天晚上的吸血鬼。

「……這次是我有生以來第一次遇見純種吸血鬼……有些地方我也還不是很了解……我和加斯帕同學明明一下子就變成朋友……」

蕾維兒的心情也很複雜吧。

「……一方面也是因為我的朋友加斯帕同學被當成交易籌碼，但是我實在無法接受他們不把自己以外的存在當成一回事的態度……雖說這大概就是他們的政治立場吧……好複雜的問題。當然了，未經考量就把加斯帕同學借給他們也不太對……可是惡魔也是只問利害、尊崇純血的種族。我也是純種惡魔。」

是啊。蕾維兒既是菲尼克斯家的公主，也是長女。是個活在上流階級，如假包換的上級惡魔。

「純種惡魔也能選擇各種朋友。我也和小貓同學、加斯帕同學，還有同班的各位同學相處愉快。雖然必須隱藏真實身分讓我感到很遺憾……即使種族不同，只要能夠慎選朋友還是很美好的事。」

這個女孩平常雖然有點蠻橫，本性真的是很純真的好孩子。

不過隱藏真實身分啊。

我也不能把自己變成惡魔的事告訴松田和元濱，說了也只會給他們帶來危險。至少希望我還在駒王學園的這段時間，可以保持和平。

「不過這次讓我體認到自己有多麼渺小。完全無法回嘴讓我很不甘心。這讓我覺得一定要成為更了不起的惡魔。」

我再次體認自己應該往上爬。我可不想一直忍受那種輕蔑的眼神。

用熱水幫我把背沖乾淨，蕾維兒問我：

「一誠大人對於……就、就是將來的眷屬，有什麼打算嗎？」

「眷屬？喔喔，你是說我成為上級惡魔之後嗎？這個嘛——我還沒決定該怎麼辦。」

惡魔棋子(evil piece)最多是十五顆吧？而且有些對象可能得用掉好幾顆棋子。

「愛西亞和潔諾薇亞都說會跟著我走，所以可能會和莉雅絲進行交易，但是也還不是確定事項。我若是要自立門戶，帶著愛西亞和潔諾薇亞當我的眷屬可以盡早開始行動，工作方面應該也會比較順利。只是這樣會讓莉雅絲的眷屬一口氣減少三個吧？欠缺的人力該如何填補還不是很明確。」

說到這裡，我突然有個想法。

將來如果蕾維兒也會在我身邊當經紀人的話，一定會放心許多吧。

這時像是在回應我的想法，蕾維兒說道：

「……我想一直擔任一誠大人的經紀人。」

「好啊，我很高興。妳真是太可靠了。」

就在氣氛正好的時候。

嘩啦！——有人從浴池裡冒了出來！

「吾，潛了三十分鐘。」

……是奧菲斯。龍神大人從浴池裡現身。而且她一直在裡面潛水，潛了三十分鐘嗎？

話說更衣室裡沒有奧菲斯的衣服耶！

難不成她是先脫光才從房間跑到這裡嗎？

別這樣好嗎，尊貴的龍神大人！即使是在家裡也禁止裸奔！好歹妳原本也是無限龍神（Uroboros Dragon）大人好嗎——！

我原本還想趁氣氛正好時和蕾維兒談論未來的事，這下全被破壞了！

「呵呵呵，真是拿奧菲斯小姐沒轍。」

蕾維兒也忍不住笑了。

就是說啊。說到我們的吉祥物大人小奧菲斯，還真是拿她沒轍。

Wizard for Khaos Brigade.

「那些離群術士的最後確認進行得如何？」
「沒問題。他們好像也打算盡情玩樂。就是因為這樣，他們才會遭到協會放逐吧。」
「哈哈哈，我們這些置身於恐怖組織的魔術師也沒資格說什麼就是了——所以隊長真的打算那麼做嗎？」
「現在的高層的意圖就是這樣，沒辦法啊。」
「真是瘋了。夏爾巴和曹操雖然也好不到哪裡去，但是這次的頭目真的很危險。」
「我們做的事哪次不危險了。事到如今，也無法回頭了。」
「隊長聯絡我一切準備就緒。再怎麼說要是沒有那些人，我們的組織和我們都已經完蛋了，現在也只能跟著他們——反正我們也沒辦法過正常的生活。既然如此，我們也應該盡情玩樂。」
「每到一個地方都會遇見瓦利他們，也算是種緣分吧。」
「傳說中龍會吸引強者。既然如此——就讓他們和別的龍共舞吧。」

Life.3　離群魔法師

吸血鬼來訪之後，過了幾天。

莉雅絲預定在今天深夜離開日本。目的地是羅馬尼亞的深山。

這天從學校回來之後，我準備到兵藤家地下的健身房進行重量訓練，等待莉雅絲整裝完成。有空閒時多少要練習一下。

莉雅絲的行李有女生們會幫忙準備，我一個男生在那裡也是礙事。反正閒著也是閒著，所以就像這樣跑來做重訓。

和木場還有大家一起進行的聯合練習，在和吸血鬼會談之後就休息了。畢竟是這種狀況，就連魔法師的書面審查也不太能夠進行。

……我們是怎麼樣，也太忙了。除了這些之外，白天還要上學，簡直是行程滿檔。即使在這樣的狀況下，還是得做點重訓，以免身體變得遲鈍。

話說我還打算訓練一下使魔。在我身邊飛來飛去的是有生命的魔法飛船——斯基德普拉特尼！

不久之前我才幫它取了名字。呵呵呵，連我也覺得這個名字取得很好喔。

就在我打開健身房時——發現黑歌和勒菲已經在裡面了。

她們一起坐在地板上，攤開一本看起來很艱深的厚重書籍。

「怎麼，妳們來啦。」

我如此說道。

這兩個傢伙在那之後，真的偶爾會跑來兵藤家。她們還會擅自亂開我們家的冰箱，拿起牛奶來喝等等！

她們每次過來不是嚇到老媽，就是惹莉雅絲生氣，總是搞得一團亂……每次只要黑歌耍任性，勒菲就得拚命道歉。

「我們來打擾了。」

懂得乖乖打招呼的勒菲真是好孩子！

「喵哈哈，打擾喵。」

喵哈哈什麼啊……我家真的是黑暗居民的集散地。各種惡魔和天使，再加上龍神，種類十分豐富。簡直是一團混沌……

我走向她們，看了攤開的書——上面的插畫是人體圖，還從手上發出氣焰之類的。

「這是什麼？」

聽到我的問題，黑歌揚起嘴角說道：

「是有關生命的書喵。內容寫的是關於氣焰、仙術、鬥氣之類的事。」

喔喔，原來是那方面的書啊。不過黑歌為什麼要看這種書？這些是她最擅長的領域，現在才看書也沒什麼幫助吧……

見到我歪頭不解，勒菲輕笑說道：

「她是想看書研究一下該怎樣教妹妹比較好。」

喔喔，這樣啊這樣啊！很有姊姊的樣子嘛！

黑歌伸出手指在書的封面比劃：

「仙術的基礎是掌握自己、他人、自然的氣息。無論如何，總之要先從集中精神，安靜打坐，緩緩釋出自己的氣，同時認知周圍的氣。雖然是基礎中的基礎，想要有所成長也是最好的辦法喵。所以我才會先叫她打坐──」

「以妳的個性，我原本還以為妳會叫她做些莫名其妙的事，沒想到這麼中規中矩。」

我這麼調侃黑歌，她便不滿地嘟起嘴巴：

「哼──真沒禮貌喵──該認真的時候我也是會認真的。」

「之前明明用毒霧對付我和小貓，還敢說這種話。」

我在冥界第一次遇見她時，她可是相當邪惡的。面對我和莉雅絲、小貓時毫不留情，打算將我們全部打倒。

聽到我的吐嘈，黑歌眨了一下眼，打算裝可愛閃躲這個話題。

「哎呀，那次是因為和白音重逢太高興所以忍不住玩了一下♪嘿嘿喵♪惡毒的角色無意展現溫柔的一面就可以輕易擄獲人心，大家不都是這麼說嗎？吶吶吶，小赤龍帝釋不是對我心動喵——？」

……我雖然不否認，不過妳的確是隻壞貓！

而且說什麼「嘿嘿喵♪」啊……妳當時散發的殺意相當濃厚喔？不過算了，反正對這傢伙多說什麼也沒用。我不禁覺得說不定她真的是因為一時興起，正在興頭上就那麼做了。

「妳總有一天要和小貓和好喔。」

聽到我的話，黑歌的眼睛帶著憂愁……拜託別這樣，妳偶爾露出認真的表情時看起來就是個普通的美女，我會忍不住心動……

「也是……不過大概沒辦法吧。就算我是為了白音而採取行動，到頭來還是害她被逼上絕路。」

正如同黑歌所說，因為她殺害原本的主人，小貓才會成為姊姊的代罪羔羊，最後甚至差點沒命。之後是多虧有瑟傑克斯陛下保護小貓，她才能夠平安無事……聽說在那之後小貓花了很多時間，才能夠治好精神的打擊，過著正常的生活。

心靈受創的小貓應該是覺得「自己遭到姊姊背叛，又被眾多大人責罵」吧。而且其中有一半是事實。

「這或許是很困難沒錯，不過如果真的有那麼一天，我願意協助妳們修復關係。」

她們姊妹是彼此在世上唯一的親人。如果能夠修復關係，我也不吝於助她們一臂之力。

因為我最希望小貓能夠展露笑容。

聽我說出自己的心聲，黑歌睜圓眼睛。

「…………」

——然後覺得很奇怪地笑道：

「喵哈哈哈。嗯嗯，原來如此喵。我好像懂喵。難怪大家都喜歡你。小赤龍帝比什麼都不懂的型男還要有魅力多囉！」

「多謝稱讚。不過我寧可當個什麼都不懂的型男。身為赤龍帝其實還挺辛苦的喔！會有一堆強敵襲來，動不動就差點沒命。不對，我的肉體還一度毀滅。

這時勒菲問了我一個問題，轉移話題。

「和魔法師的交涉進行得怎麼樣？」

「嗯，還算順利吧。因為人數實在太多，我正在透過書面審查進行篩選。」

「聽說赤龍帝先生很受歡迎呢。」

最辛苦的應該是莉雅絲吧。她一面應對平時的工作、學業、身為「國王(king)」的職責，同時還得處理魔法師和有關吸血鬼的事。

……我真的遠遠不及莉雅絲。她的擔子才是最重、最大的。

成為上級惡魔、成為「國王(king)」等於扛起眷屬的一切……在我成為上級惡魔之後，有辦法做好這一切嗎？儘管有些不安，我現在也只能在一旁支持莉雅絲，繼續向前邁進。

對了，說到向前邁進，我就想到斯基德普拉特尼。

「吶，如果我說想要請勒菲教我魔法，我學得來嗎？」

我如此詢問勒菲。我的使魔斯基德普拉特尼是魔法飛船，我也應該多少學點關於魔法的知識。更何況以後還要和魔法師往來。

勒菲點頭回應：

「我不清楚你想要使用什麼魔法，然而如果是惡魔想學，在異能方面比普通人更容易建立基礎，只要肯努力應該學得會。對了，有個很基本的問題，你應該知道魔力和魔法有什麼不同吧？」

「知道，魔力是將腦中的意象具體呈現，魔法則是透過術式發動超自然現象，對吧？」

「簡單區分的話，的確是這樣。魔力需要清楚的意象——也就是想像力和創造力，很講究天分。魔法需要足以控制術式的知識、腦力和計算能力，感覺很像其實完全不同。」

「啊，那我這麼笨，搞不好很困難吧。」

我沒辦法精密計算啦！而且還得操控足以控制超自然現象的術式，對於能夠運用的魔力只有洋服崩壞和乳語翻譯（pilingual）的我而言，根本就不可能辦到吧。

勒菲接著說道：

「如果是不太需要計算的魔法，或許學得會吧。例如將冷卻的咖啡加溫的魔法，或是簡單的透視魔法等等。」

——！

透、透視魔法？這、這未免也太誘人了！

如果順利學會，就、就可以透視女生的衣服了嗎？

正當我滿腦子只想著透視時，黑歌為我補充說明：

「也就是說，魔法這種東西得要知道『該怎樣做才會引發這樣的現象』具備相關的計算能力和知識才行喵。我也有不明白的事物，所以就無法以魔法重現那些現象喵。不過也有一些術士能夠單憑靈感和才能重現一些尚未完全釐清的現象。那些都是前面要加十個超來形容的天才喵。」

羅絲薇瑟之所以將魔法的優先順序擺在魔力之前，是因為她的計算比想像還要快囉。很像她的作風。

嗯嗯，我開始覺得說不定有我學得會的魔法。

想要熟練運用魔法大概沒辦法。不過如果學點基本的東西或許還可以！

我還是請羅絲薇瑟和勒菲教我，試著正式接觸魔法好了。

透過學習的過程，希望讓我能對斯基德普拉特尼有所理解。

看著在我身邊飛來飛去的斯基德普拉特尼，黑歌問道：

「話說回來，你幫這個取名字了喵？」

喔喔！這個問題問得好！

「取好了，它的名字就叫龍帝丸！因為日本的船不都是用這種命名方式嗎？還有，妳們看這裡！」

我讓她們兩個看向船帆，上面寫著「龍帝丸」三個字。沒錯，是我拿毛筆寫上去的！如何，很棒吧！

「真老土。」

黑歌毫不留情地批評！

可惡——！這可是我費盡心思才想出來的名字——！不管了，這傢伙就叫龍帝丸！我堅持要用這個名字！第一個靈感是最重要的！

正當我打算抗議時，愛西亞跑進健身房。

「一誠先生。」

「喔，怎麼啦，愛西亞？」

「莉雅絲姊姊好像要離開日本了。」

——

比我預期的早了好幾個小時。我有聽說今天晚上要出發，沒想到會這麼早。現在還是傍晚呢。

「好像是因為天候好轉，小型噴射機可以飛了的關係。」

這樣啊。所以才會提早吧。

我對黑歌和勒菲說聲「我出去一下。」便和愛西亞離開現場。

位於兵藤家地下的巨大轉移魔法陣。

神祕學研究社的成員和蒼那會長都已經聚集在這裡。

我們來為莉雅絲、木場、阿撒塞勒老師送行。

要前往吸血鬼陣營——前往弗拉迪家，必須先從日本——從兵藤家開始，透過魔法陣進行好幾次跳躍，才能夠前往歐洲。抵達之後再透過專用的小型噴射機包機移動。

因為吸血鬼張設獨特的結界，必須利用好幾種移動辦法才能進入他們的王國。

聽說前往歐洲——羅馬尼亞是用魔法陣，抵達之後再換小型噴射機，然後還要搭車走一段山路。

那邊大概是非常偏僻的地方吧。就是所謂遺世索居的世界。

出發的時間之所以提早，是因為那邊的天候原本很不好，小型噴射機無法起飛，然而不久前已經好轉。由於比預期的還要快，所以決定趁這段時間起飛。

飛機和隨時可以跳躍的魔法陣不同，必須和天氣賽跑。移動時必須優先配合小型噴射機也是沒辦法的事。

莉雅絲、木場、老師提著行李，走向魔法陣中央。莉雅絲和木場的行程是直接前往弗拉迪家。老師則是先和卡蜜拉陣營接觸，再前往弗拉迪家。

莉雅絲緊緊擁抱加斯帕：

「……有我保護你，你不需要擔心任何事。你和弗拉迪家的問題我也會好好交涉。」

「是的，社長……」

加斯帕也靠在莉雅絲懷中。

——是母性！莉雅絲的母性徹底展現！

莉雅絲看向朱乃學姊：

「朱乃，剩下的事就拜託妳了。」

「好的，莉雅絲。」

我則是舉起拳頭和木場互敲：

「莉雅絲就拜託妳了。」

「那當然。」

是啊，有這個傢伙在應該沒問題。即使在那邊被捲入什麼麻煩當中，他也一定會保護莉雅絲。

至於老師，則是對蒼那會長和羅絲薇瑟露出笑容說道：

「那麼學校的事就拜託妳們囉，蒼那會長♪羅絲薇瑟老師♪」

「還有很多事要忙，請你快點回來。」

「這什麼反應嘛，真不配合。」

對於兩人冷淡的回應，阿撒塞勒老師頗為不滿。

年底將近，學校的行程也變得緊湊了吧。這時卻要少掉一名教師，和學校息息相關的她們很難乖乖讓老師出去進行外交活動吧。

而且憑這名前總督的個性，也不是不可能到那邊大玩特玩……

老師對著大家開口：

「專挑菲尼克斯相關人士下手的魔法師那件事讓我感覺不太舒服。大家要當心。」

「是！」

我們齊聲回答。嗯，這件事我們會當心！

「愛西亞、奧菲斯。」

老師叫了愛西亞和奧菲斯。

「愛西亞，之前那件事，剩下的就看妳自己了。妳就參考奧菲斯的建議進行吧。奧菲斯，拜託妳了。有妳這個龍神跟著應該會有辦法。拜託妳給她一點龍神的庇佑囉？」

「是的，雖然很不好意思，但、但是我會加油的。」

「吾，會好好看著愛西亞。」

愛西亞和奧菲斯都回應老師的話語。什麼什麼？愛西亞的臉變得很紅耶？我很好奇！

莉雅絲、木場、老師三人和大家進行過最終確認並且道別之後，終於要啟程了——

最後，我和莉雅絲四目交會。

莉雅絲朝我走了一步：

「……我出發了。」

「好，我等妳的好消息。發生什麼事的話，我一定會趕過去。」

「嗯。我知道。」

我們牽著手望著彼此，依依不捨幾秒鐘。

但是我們立刻笑著放手。因為無論身在何方，我和莉雅絲的心都緊緊相繫——

三人在轉移魔法陣中央站好。魔法陣的光芒變得更加閃亮。

朱乃學姊最後再次確認魔法陣的術式，轉移之光照耀整個室內，下一秒鐘——

我們睜開眼睛之後，莉雅絲他們已經不見了。轉移成功。

……莉雅絲、木場、老師，祝你們順利。

他們三個不在的這段期間，就由留下來的我們來保護這裡！

「嗚嗚嗚，我好寂寞喔。」

話雖如此，床上沒有莉雅絲的身影……還是讓我很難受！

就寢時間，我在多了一點空間的床上承受相思之苦！

明明才剛目送她離開，我卻已經在渴求莉雅絲的溫暖！

因為一直以來都是我和莉雅絲和愛西亞三個人睡這張床嘛！現在莉雅絲不在……！

「莉雅絲……嗚嗚，我好想念妳的胸部喔。」

最能治癒我的方式，就是把臉埋在那對胸部當中入睡。莉雅絲也會說聲「過來吧。」接受我，摟著我睡覺！

啊，莉雅絲的胸部！啊，莉雅絲的胸部——————！

因為實在傷心過頭，我忍不住抱住愛西亞。

「……愛西亞，從今天晚上開始，我可以暫時像這樣抱著妳睡嗎？」

「可以啊，一誠先生真愛撒嬌。」

沒錯，沒問題。我還有愛西亞。有愛西亞在我就撐得下去！啊，愛西亞！平常都是我疼愛愛西亞，不過偶爾換我向她撒嬌也可以吧？我已經沒有辦法一個人睡了！真是太軟弱了！

可是可是！這也不能怪我！

知道和莉雅絲還有愛西亞一起睡是怎麼回事之後，我怎麼可能有辦法一個人睡！

正當我抱著愛西亞準備入睡時，有人敲門。

我和愛西亞看向門口。開門走進來的是——

「呵呵呵，從今晚開始要請你們多多指教囉。」

是身穿透明性感睡衣的朱乃學姊！

「朱、朱乃學姊！怎、怎麼了嗎？」

「我是想代替莉雅絲，所以才來這裡的。」

代替莉雅絲？朱、朱乃學姊的意思，是要和我還有愛西亞睡同一張床嗎？

朱乃學姊走到床邊。

「那麼事不宜遲——」

如此說道的她隨手脫掉睡衣————！

「……我、我是第一次，請、請溫柔一點…………在愛西亞面前做這種事，其實非常不好意思，如果可以關燈就好了……」

全裸的朱乃學姊！而且還滿臉通紅語出驚人！這、這是怎樣？發生什麼事了！

「等、等一下，朱乃學姊！妳、妳該不會是認真的吧！」

見到我驚慌失措，朱乃學姊不解地歪頭說道：

「咦？因為我從今天晚上代替莉雅絲……難道不是這樣嗎？」

她好像有什麼嚴重的誤會！

愛西亞也因為朱乃學姊的行動大吃一驚。

「啊嗚嗚！朱乃學姊！妳、妳到底想做什麼！」

「可是，愛西亞。說到男女晚上睡在同一張床……自然就是那麼回事吧？」

果然！朱乃學姊完全以為我們睡在同一張床上就是在做那方面的事！不，應該說原本就是那樣比較合理！就我而言也比較想要那樣……不對不對！

「沒、沒有啦！沒錯，照理來說或許是這樣沒錯，但是我和莉雅絲還有愛西亞每天晚上都是很普通地睡在一起喔！」

朱乃學姊聞言露出有點困惑的表情。妳、妳原本的決心有那麼堅定啊！

「哎呀哎呀，這下傷腦筋了。我為了今天可是下定決心，準備就緒才來的……原本還很期待寶貴的初夜喔。」

「初、初夜……？」

聽、聽起來好美妙的兩個字！該怎麼說，有種震撼身心的感覺……！

就在美好的詞彙占據我的腦袋時，朱乃學姊完全不理會我，打算全裸爬上床！

絕美的女體出現在我眼前！毫、毫無束縛的胸部就在我的眼前晃來晃去！害我忍不住跟著移動視線！

朱乃學姊一爬上床，便展開雙手準備迎接我！

「那麼我們就普通地睡覺吧♪」

妳肯定不打算普通睡覺吧，朱乃學姊！瞧妳一副幹勁十足的樣子！

不，難道現在正是關鍵時刻嗎？趁莉雅絲不在的時候和朱乃學姊……可是還有愛西亞在看啊！這、這就是所謂的偷情嗎？我明明才和莉雅絲互訴心意，現在卻開始考慮沉溺在眼前的女體！

朱乃學姊似乎玩得很開心，拉起我的手伸向自己胸前！

軟溜的觸感，彈嫩的胸部緊緊吸住我的手！

啊，就是這個，就是這種觸感！這就是朱乃學姊的胸部！我的手因為不同於莉雅絲的觸感而欣喜若狂！這種觸感對腦袋是種打擊！

朱乃學姊突然露出柔弱的眼神。

「……我以為你死掉時，感覺好像一切都結束了。腦袋一片空白……只能一直回想記憶中的一誠，藉此逃避現實……」

我也聽木場提過當時的情形，似乎真的很嚴重。朱乃學姊比莉雅絲還要意志消沉，要不是她的父親巴拉基勒趕來，她說不定無法恢復意識。

……光是因為我可能喪命，就讓朱乃學姊那麼傷心。

身為男人這樣是很高興，但是我無法承受朱乃學姊變成那個模樣。

我突然想起阿撒塞勒老師說過的話。

『摘下大姊姊這個虛假的面具之後，朱乃的本質其實是對男人的「依賴」。對於她的父親巴拉基勒也是，對於你也是。如果你們兩個碰上什麼危險的話，她又會意志消沉吧。但是反過來說，你們也能激勵、提振她的心情。很簡單，拿出你身為男人的骨氣就對了。聽好了，下次試著這樣告訴她。』

我想想，記得老師是說——

「朱、朱乃。」

「——是、是的。」

突然聽見我直呼她的名字，朱乃學姊顯得很驚訝。

我也不知道自己這樣說對不對，有點害怕。老師，我就相信你囉？

「……我、我絕對不會喪命，不對，不會死。一定會回到學姊的——更正，一定會回到妳的身邊。妳願意相信我，為了莉雅絲和我活下去嗎？」

……我試著說了，老師！雖然很害羞，又是如此大膽的發言，我還是說出口了！

然後接下來不是老師的建議，而是我自己的心聲！我也得確實說出自己心裡的想法才行吧！我把手從胸部挪開，放在她的肩膀！

我用力深呼吸之後開口！

「和我一起變強吧。和我們一起活下去吧！」

同為眷屬，又是重要的學姊，更是我最喜歡的朱乃學姊。如果不夠強，如果有什麼脆弱的地方，我們只要一起變強，一起克服就可以了。我……也很弱！正因為如此，我更覺得只要一起堅強活下去就可以了！

好了，她會怎麼回答？

朱乃學姊——流下斗大的淚珠。

「……嗯。嗯，我可以。我會為了一誠和莉雅絲，還有大家而活。我要和一誠一起變強。一直一起活下去。」

然後答應我！像這樣放下大姊姊的說話方式和態度，表現出普通女孩的反應，這時的朱乃學姊……可愛到殺人的地步……！

接著我也想起阿撒塞勒老師在那之後還說了別的！

『不過要是你真的說出口就要負責到底喔！朱乃的心思很細膩，想法又有點消極，如果聽你說了這些話，就會死心塌地喔！要是你死了，這次大概真的會一蹶不振。所以你絕對不可以死喔！要是死了可就麻煩囉！不過只要你不死，朱乃就可以變得比之前更強。』

……責任真重大！我絕對不可以再有生命危險！要是讓她看到那種場面……應該會崩潰吧？

感覺我這樣做好像只是在挖坑給自己跳，但是……嗯！我也只能拚了！誰叫我自己排除後退的可能性！

朱乃學姊擦乾眼淚，笑容和態度也變回平常的樣子。然後就這麼說道：

「好。那麼接下來我的身體就交給一誠了♪」

——！

好、好誘人的關鍵字！交給我？趁莉雅絲不在時讓我摸她的胸部，然後說交給我？真、真的有可能發生這種事嗎！不，這是眼前的事實！

我、我該怎麼辦～～～！

我內心有惡魔和更壞心的惡魔說著「順勢上吧！」、「不對，連愛西亞一起吃掉！」雙方僵持不下！呼呼呼，真傷腦筋！

好了，我到底該怎麼辦？就在我如此心想時，忽然又有人開門。

「……大家好。」

這次是小貓登場！她的打扮相當不尋常，上半身只穿了一件白襯衫！

「小貓？妳、妳有什麼事？」

「……我要和你們一起睡。」

——！

小貓大步走過來抱住我。

「……一誠學長的大腿被蕾維兒搶走了，我至少要守住學長的抱抱。」

這是怎樣！連小貓都做出這種事！

妳們居然趁主人不在的時候這麼亂來……！我也沒資格說別人就是了！

「只有小貓一個人獨占太狡猾了！」

連愛西亞也從背後抱住我！

「……喵……」

小貓撒嬌的叫聲讓我的腦袋不太正常，這時那兩個傢伙也現身了。

「原本想趁莉雅絲社長不在的這個空檔下手……」

「我、我是被潔諾薇亞硬拖過來的！用、用這種夜襲的方式，主可不會原諒！」

「不，伊莉娜！就是要趁莉雅絲社長不在時登堂入室啊！」

是潔諾薇亞和伊莉娜！她們穿著睡衣跑進來了！還擺出奇怪的姿勢站在門口——！那是什麼錯誤百出的戰隊英雄姿勢！妳們想靠兩個人的力量將歡笑帶給世界嗎？

為什麼莉雅絲一出差，妳們就統統跑到我房間來了？

不，她們平常就有這種傾向，但是這次也太積極了吧！

再這樣下去，我搞不好也會跟著她們開始胡鬧！身為主人、身為「國王(king)」的莉雅絲不在便無法控制自己，快要開始失控了！

我決定想辦法繼續對話。

啊，對了。我從之前就一直有個疑問。話說每次都得面臨墮天的危機，為什麼伊莉娜還說要和我作人？就是關於這件事。

「我從之前一直在想，天使到底要怎麼和人類生孩子才不會墮天啊？我記得有人類和天使的混血兒吧？」

沒錯，就像墮天使和人類可以生孩子，天使和人類也可以生孩子。而且這時天使並不會墮天，生下來的小孩也不是墮天使。

每次看見伊莉娜和其他天使因為慾望瀕臨墮天時，我就覺得這很不可思議。

潔諾薇亞和伊莉娜面面相覷。潔諾薇亞接著開口——在此同時，她也開始脫下上半身的睡衣——！

「是啊，雖然人數極少，不過確實有人類和天使的混血兒。」

「嗯，的確有。我也見過。」

伊莉娜也附和潔諾薇亞的發言，而且也跟著脫掉睡衣！

「但是我記得天使要作人時有很多規範。對吧？」

連褲子也脫掉的潔諾薇亞向伊莉娜確認。伊莉娜一邊回答，一邊把身上的睡衣脫掉！

「嗯。要辦事之前，還有很多準備步驟。場地必須以特殊的結界籠罩，前一天晚上也得淨身祈禱，當然不可以抱持邪念。必須隨時不忘信仰，以等同聖人的精神狀態面對那件事才行。一旦順從慾望行動就是出局。還有最重要的一點，就是必須心懷不求回報的愛！」

我絕對達不到那種狀況！站在人類的立場，如果知道可以和美女天使發生關係，肯定會胡思亂想。若是身為天使，如果知道可以和可愛的人類女性生小孩，我一定會和老師一樣墮天。關於這點我很有自信！

話說妳們已經脫到只剩下內衣褲了！一邊講那麼正經的事，妳們還可以一邊把自己搞成這樣喔！

雖然很養眼，但是現在的我沒辦法同時對付五個人！

「……總覺得要懷抱著愛卻又得屏除性慾，而且得保持聖人的精神作人……感覺也太強人所難、太困難了吧。」

我一邊擦鼻血一邊開口，潔諾薇亞也點頭稱是：

「正因為如此，只有獲選的人能夠和天使結合。同樣的，天使也必須在不因慾望而衝動的狀況下完成應做的事。沉溺於慾望的瞬間就會墮天。」

這種行為的難度真是高得驚人。唉——我辦不到。看見胸部大概就會十分亢奮。幸好我不是信徒也不是天使！身為惡魔真是太棒了！

啊，這麼一來伊莉娜也很難辦到吧。因為她只要撞見和性有關的場面就會陷入墮天的危機——話雖如此，這個天使現在卻脫到只剩下內衣褲！

「伊莉娜大概辦不到吧？」

像是在代替我說出心裡的話，潔諾薇亞對著伊莉娜如此說道。

伊莉娜的嘴巴變成ㄟ字形：

「……因、因為我們是青梅竹馬才能跨越某些障礙！」

「啊，對了，這麼說來，你們是青梅竹馬。」

「夠了，潔諾薇亞！我決定要挑戰天使的極限！」

「話說回來，妳為什麼會追求一誠？我在三大勢力的和平會談之後，就決定我的對象非他莫屬！為了我的祈禱直接和米迦勒大人談判！普通男生辦不到這種事喔？」

「我、我……！」

「伊莉娜感覺就像是因為跟風、衝動喜歡上他，沒錯吧？」

「才、才不是！是因為一誠很帥！」

「妳的動機也太薄弱了！怎麼想都像是喜歡朋友的對象！」

「我最近才回想起來！小時候的一誠給過我承諾！」

伊莉娜的說法讓我冒出問號。我承諾過什麼嗎……？

「總而言之，伊莉娜這次就在我和一誠的背後發揮光力吧！所謂給他看了右邊的胸部，就要連左邊的胸部也給他看，我打算以這個氣勢上場！」

「笨蛋潔諾薇亞！我又不是電燈泡！這和教學旅行時不一樣！」

唉，她們兩個又開始了……

「呵呵呵，我是惡魔兼墮天使，沒甚麼好擔心的。」

朱乃學姊！不要再次牽起我的手放在妳的胸部嗎！我快要按捺不住了——！

「小貓同學！妳果然在這裡！」

就連蕾維兒也出現了——！我可以在她走過來的腳步當中感覺到憤怒。

「……我也來打擾一下！」

她在床上找個位置躺下！喂喂喂，蕾維兒？

「……小女子不才，還請讓我在床上占個位置！我可是經紀人！我要保護一誠大人遠離貓的魔爪！」

蕾維兒鼓起臉頰，威嚇小貓。小貓也與之對抗，爆出火花！可惡！兩個學妹不管做什麼都這麼可愛——！

「……鳥女。」

「……什麼嘛，這隻偷腥貓。」

……我看這樣也沒辦法辦事還是作人了吧？我的房間已經變成混沌狀態！

「一誠學長！我感到好寂寞所以跑過來了～～！」

最後熱淚盈眶跑進來的人是阿加！還帶著紙箱現身！我知道了，因為跟他住在一起的木場去出差了，所以很寂寞吧！

「你看也知道，已經客滿了！你願意的話就在房間裡找個角落睡吧！」

加斯帕聽到我的話，真的占據房間的一角，搭起他的紙箱！紙箱吸血鬼只要有紙箱在哪裡都可以睡吧！

面對這個狀態，朱乃學姊似乎也看開了，把我的手從胸部移開。啊啊，好可惜！

「哎呀哎呀，一誠的床已經客滿了。看樣子暫時沒辦法偷情了。」

……是的，雖然非常遺憾……但是照這種狀況來看……話說我總覺得絕對不是只有今晚會這麼熱鬧……

碰！這時有人豪邁地打開房間衣櫥。奧菲斯從中登場，為一切劃下句點。

「吾，從衣櫥登場。嘿嘿。」

那是什麼充滿自信的說話方式！還有妳是什麼時候躲進去的！

……唉。在奧菲斯大人登場之後，可以確定一件事。

今天也是大家和平睡在一起的日子。

—○●○—

莉雅絲離開日本之後，過了幾天——

我在駒王學園過著和平常沒什麼兩樣的校園生活。

聽說莉雅絲等人已經順利抵達羅馬尼亞，正朝著目的地移動。

只是吸血鬼居住的領域，果然位於相當與世隔絕的地方，要移動到那裡相當困難，光是這樣就得花掉不少時間。莉雅絲在定期聯絡當中是這麼說的。

……我們只能相信莉雅絲他們，在這裡等待好消息了。

「你幹嘛一臉凝重啊。」

松田往我的頭輕輕一戳。

……接下來是體育課的時間，我已經換上運動服，朝著操場移動。

外面是冬天，在操場上運動也變成苦差事。好吧，夏天也是熱到令人厭煩就是了！

「體育課最近都是一誠大放異彩的場合。在同一隊的話也就算了，在敵隊的時候實在很討厭。」

元濱一邊嘆氣一邊開口。

抱歉了。自從我成為惡魔之後，一下子修煉一下子和強敵戰鬥，基礎體能的成長超誇張的……要是不保留一點就會超越人類的水準，所以這樣已經是放水之後的結果囉？

在換了新的身體之後，這種狀況變得更加嚴重，經常在無意之中發揮太強的力量，使得我和他們兩個都困惑不已……因為我現在是擁有人類外型的龍，抑制力量的方式和之前有點不太一樣。

我剛變成惡魔時，還因為自己的能力超越人類感到又驚又喜，然而在想到「自己變成了和松田、元濱不同的生物」之後，心情又變得很複雜。

……不知道我可以和他們兩個當朋友到什麼時候。如果可以，我希望這輩子都可以和他們是朋友。

不過如果是這樣，惡魔可以活很久，又能隨意改變自己的外貌。等到松田和元濱都變成大叔之後，即使我在惡魔生活保持年輕的外貌，在和他們見面時還是得把自己變成大叔囉？感覺要和他們來往會變得越來越困難。

算、算了，現在想這些也無濟於事。還是專注在體育課上吧。

就在快要走到操場時，松田突然說道：

「吶，你們還記得國中的那個田岡嗎？」

「喔——對女生的體毛莫名熱衷的那傢伙吧。真是狂熱分子。」

我也想起那個人。沒錯沒錯，他一天到晚都在談論毛的事情。他好像很喜歡沒刮乾淨的腋毛……我有點無法理解。是因為我還年輕嗎？

松田接著說下去：

「聽說那個傢伙的哥哥不久之後要自己開店。然後跟他一起開店的夥伴，是從學生時代就和他感情很好的社團經理。」

「喔喔，和女經理一起開店啊。從中可以看出他們的關係呢。」

元濱以下流的表情開口。好吧，會想到這一點也是在所難免。

松田聳了聳肩：

「這個我就不知道了。那個經理好像從學生時代就一直陪在他身邊。然後他也從在學的時候就對她說『總有一天我會自己開店，希望那個時候妳也可以跟著我』邀她。那個女經理好像非常能幹，也有很多人挖角她，但是她最信任田岡的哥哥，所以決定跟著他。」

「喔──和學生時代的夥伴一起開店啊。聽起來很熱血呢。」

對我來說，這就像是我在獨立的時候，蕾維兒也跟在我身邊吧。

……獨立啊。自立門戶。需要夥伴。也就是說，我需要管理人才。

松田也同意我的意見：

「對吧？不過對彼此許下未來的承諾真的很棒。我要上哪去找這種管理人才呢！」

我──已經有了。就是蕾維兒。

她現在也陪著我挑選魔法師。

我要和蕾維兒許下未來的承諾嗎？我總有一天會成為上級惡魔，自立門戶，希望到時候她可以跟著我嗎？

……挺不賴的。不對，應該說這樣很好。看著現在的蕾維兒，我真心這麼覺得。

「是啊。可以的話希望是女生。」

聽到我說的話……

「那還用得著說！」

「就是說啊！」

兩個人都大為贊同。我想也是！

和能幹的管理人才許下未來的承諾啊……必須要有足以實現的野心、實力、自信才能夠如此宣言吧。

因為這等於是承擔對方的人生、生存之道，一起活下去……恐怕還有可能搞砸對方的人生。這是非常、非常重要的事。

有個可以一起作夢……讓我想跟她一起實現夢想的女孩，是件很幸福的事。

我真的很想和蕾維兒一起工作。她一直支持著有所不足的我，看起來是那麼可靠。未來我也希望她可以繼續當我的經紀人。

正當我如此心想時。

「……喂，你們看。有人在COSPLAY耶！」

松田指著出乎意料的方向。

「喔喔，那是什麼？魔法師嗎？」

聽到元濱的話，我立刻看過去。

…………

……我原本還以為日常不會遭到毀壞。

比方說兵藤家是個和平又安全的地方，白天的駒王學園只是個普通的學校等等。

我原本擅自認為這些地方是絕緣體——和非日常無緣。

眼前有一群身穿魔法師長袍的人，朝著我們這邊伸手……在他們的腳底，魔法陣正在發光。

他們揭開風帽。是三個男人！有著外國人的長相。

……那三個人，很明顯對我抱持敵意。

「……松田、元濱，快逃。」

聽見我認真的勸告，兩人露出詫異的表情。

「啊？怎麼了？」

「你的臉色很難看耶，一誠。你和那群COSPLAY玩家有什麼過節嗎？」

他們兩個無法理解事態的嚴重性！開什麼玩笑！那些傢伙已經在手邊展開魔法陣了！

再這樣下去，他們會朝這邊發出魔法！

我衝刺離開現場，試圖引開他們的攻擊！

「松田、元濱！逃到別的地方！建築物後面也可以！快點！」

我一面大叫，一面為了將那些魔法師引誘到沒有人的地方而繼續奔跑！

幸好他們的目標大概原本就是我，紛紛追了過來！

松田和元濱還在遠方大喊……但是我無暇理會！我必須想辦法解決這些傢伙……不然我的好朋友會遭殃！

那兩個傢伙！和非日常無緣！他們不可以和這些事扯上關係！什麼魔法、什麼「禍之團（Khaos Brigade）」的，和他們完全無關！

「你想保護夥伴啊，赤龍帝！」

「哈哈！和報告裡寫的一樣！天真得不得了！」

「不過在協會對新生代惡魔的力量評價當中，他是ＳＳ級！已經不只是破格！」

他們在說什麼莫名其妙的東西！

協會？魔法協會嗎？他們和梅菲斯托．費勒斯先生有關？不，應該不至於。雖然只見過一次面，但是我不覺得那麼平易近人的人會派出對我們有敵意的魔法師來到這個學園！

——！

……離群魔法師。我想起來了，聽說好像有一群不受協會承認，反覆從事破壞行動的不良分子。

就算是這樣，為什麼離群魔法師會出現在這裡？白天的駒王學園！這一帶是三大勢力的同盟圈！設有相當堅固的結界，壞蛋想闖進來可沒那麼簡單！想進入這一帶必須符合資格、通過審查才行！

再說看守者根本不可能放敵對人士進來……他們應該進不來！

儘管滿心疑問，我還是設法將那些傢伙帶到校地裡毫無人跡的林地。

我和幾名魔法師對峙。

他們再次展開魔法陣，法力的氣焰也在他們手上翻騰。

好了，這裡沒有別人，我可以毫不顧忌地變出手甲！

「赤龍帝的手甲（boosted gear）！」

赭紅色的手甲出現在左手！

……可是沒有反應。寶玉……沒有發光！

……怎麼會這樣。看來剛好碰上德萊格狀況不好的時候。

這下糟了。如此一來，手甲的用處頂多只能用來防禦！

魔法師們看著變出手甲卻沒有發揮異能的我，一臉詫異。

「……他不發動神器（sacred gear）嗎？」

「不，說不定是無法發動。」

「喂喂，我們可是來挑戰赤龍帝的力量耶！」

他們如此說道。挑戰？他們是為了挑戰我才跑來這裡的嗎？

「你們過來這裡做什麼？」

聽到我的問題，那些傢伙只是愉快地笑著：

「放逐我們的梅菲斯托理事的協會，對你們新生代惡魔進行分級。」

這個我知道。協會對我們「新生代四王（rookies four）」的眷屬做出評價。我也很榮幸地列名於其中，而且評價相當不錯。對付恐怖分子的功績獲得極高的評價。

……不過實際上，送出申請文件的魔法師重視在魔法研究上的實用性更甚於經歷，所以選擇我的人並非最多。

魔法師之一狂妄地笑道：

「所以我們想在執行作戰計畫的同時，順便見識你的程度。」

作戰計畫？他們想做什麼？

正當我感到訝異時，一陣爆炸聲傳進我耳中……是從新校舍那邊傳來的！地面也產生輕微的搖晃，讓人感受到爆炸的規模之大！有人發動了相當強大的魔法攻擊嗎？

新校舍！有人在對付魔法師嗎？我們班的男生和女生都在上體育課。男生在操場，女生在體育館。大概是三年級的朱乃學姊或是擔任教師的羅絲薇瑟，又或者是學生會的人吧。

——！

想到這裡，我突然有不祥的預感！

……一年級的教室。小貓、阿加、蕾維兒。

專找菲尼克斯相關人士的……魔法師。這些傢伙口中的作戰計畫……

「混帳！你們的目的是蕾維兒吧！」

我如此大喊，他們三個咯咯發笑。

「是啊，就是這麼回事。」

「總之先請你留在這裡，順便陪我們玩玩囉。」

他們在手邊展開魔法陣，朝我發出火焰攻擊！

我往後一跳躲過火焰，在落地的同時朝前方衝刺！

「開什麼玩笑！」

我升格為「皇后（queen）」一口氣縮短距離，揍向其中一名魔法師！就算神器（sacred gear）無法發動，你們這種程度的傢伙我空手也能對付！

我的攻擊在即將命中之際被對方展開的防禦魔法陣擋住。堅硬的衝擊感從拳頭傳來……

可惡！普通的拳頭打不穿防禦魔法嗎！只要打中對方的臉，即使空手也能輕鬆解決他們！

「滿是破綻！」

一個魔法陣從旁朝我吹出大量的冰粒！

我以手甲加以防禦……但是不行！沒辦法全部擋住！冰粒重重打在我的全身上下！身體

到處感覺到悶痛，可是我管不了這麼多！

我的學妹有危險！我可不能在這裡慢慢陪他們玩！

我……將意識集中在右手。氣焰聚集到我的右拳。不，這不是灌注氣焰的拳頭。

我的右臂膨脹撐破運動服，顯露在外。

——化為龍的右手。

我的新身體可以透過集中意識的方式，將其中一部分變化為龍。

變龍會使戰鬥意識占據我的腦袋，使用過後身體也會疲憊不堪，我原本想盡可能避免使用這招……但是狀況不允許我這麼做。在無法使用神器（sacred gear）的狀態下，我也只剩下這招！

而且使用變龍之後，化為龍身的部分還能夠提升能力！現在還無法進行全身的變龍，但是讓四肢之一進行變化倒是辦得到！

我舉起變化為龍的右手朝右方墊步，揍向那裡的魔法師。

對手在身前展開防禦魔法陣——

砰唧！

——隨著脆弱的破碎聲，防禦魔法被我一拳粉碎。

好！用這隻手就沒問題！

我的拳頭順勢落在那個魔法師臉上，將他揍飛！

「咕哇！」

那個魔法師朝後方遠遠飛去，背激烈撞上一棵樹，當場倒下。

新校舍那邊仍然持續傳出爆炸聲……我不能再浪費時間了！

「很厲害嘛。沒想到你還有用龍的手揍人這招。」

「算了，戰鬥才剛開始。」

剩下的兩人還想再戰。可惡！我可沒空慢慢對付你們！

然而正當我準備衝出去時，兩名魔法師的耳邊出現小型魔法陣。

……那是用來聯絡嗎？聽過情報的兩人露出諷刺的笑容，解除戰鬥準備。

接著他們抱起昏倒的魔法師，在腳下展開轉移魔法陣。

——想逃嗎！

「別跑！」

我原本想追上去，但是他們只留下「改天再玩吧！」令人不快的台詞，便隨著轉移之光消失了——

擺脫和魔法師的戰鬥之後，我立刻跑向新校舍。右手必須晚一點再請朱乃學姊幫我吸取龍之氣，所以先用體育服包起來……可不能讓其他學生看見這隻手。

……我在跑來這裡的路上稍微確認一下，校舍有好幾個地方遭到破壞。窗戶消失一大塊，操場也被炸開……這讓我滿心都是不祥的預感！

我趕往一年級的教室——小貓他們的身邊。

來到教室前的走廊，這裡遭到嚴重破壞，靠外面的窗邊出現一個大洞，可以清楚看見外面的景象。走廊完全變樣，外面的風毫不留情地吹進來。

有個可能是小貓的同班同學的女生癱坐在走廊上。其他一年級學生都聚在教室的門邊，以害怕的眼神看著走廊的狀況。

我走向坐在走廊上的一年級女生開口：

「妳還好嗎？」

那個女孩像是剛經歷什麼相當可怕的事，一臉茫然，渾身僵硬。

她大概聽不進去我的聲音吧……面對魔法師的襲擊，應該是個可怕的遭遇。

我抓著那名女孩的肩膀搖晃，同時看向教室……找不到小貓、加斯帕、蕾維兒的身影。逃掉了嗎？如果真是這樣就好……不，大概不會有這種事。他們三個那麼重視夥伴，一定會為了保護同班同學而行動。

儘管處於意識不清的狀態，那個一年級女生依然喃喃開口：

「……一群奇怪的人，抓住我……小貓和加斯帕和蕾維兒為了救我……」

——！小貓、加斯帕、蕾維兒！因為這個女孩被當成人質，他們……！

「小貓他們和一群魔法師COSPLAY打扮的人在一陣光芒籠罩之下，突然消失了！」

在教室的門邊看著走廊，觀察狀況的學生告訴我這件事。

……對方以人質威脅，將他們帶走了嗎……！

鏗！

我帶著鬱悶的心情，左手握拳搥打走廊。

……可惡，還說什麼要保護……！無論是莉雅絲不在的這個學校，還是蕾維兒我都沒能保護……！

我滿心悔恨，咬牙切齒……！

不久之後，其他眷屬和學生會的成員也都趕到。除了一年級三人組，大家都沒事。

……那些該死的魔法師，他們想對我的學弟妹做什麼……？

Life.4 上吧，神祕學研究社&學生會！

傍晚──

我們神祕學研究社和學生會的成員聚集在舊校舍。只有學生會的「主教(bishop)」草下為了和同盟的工作人員交換情報，而在其他房間待命。

真羅副會長向大家報告：

「接下來將開始修復學園的損傷。全校學生都已經離開學校。有關入侵學園的那些人，已經交由在此地活動的三大勢力工作人員負責，追蹤他們的去向。」

會長也在真羅學姊之後開口：

「……阿撒塞勒老師留下來的控制學生記憶的裝置派上用場。遭到魔法師襲擊的這段記憶，在學生腦中已經被替換成『可疑人物進入校園，所以學校臨時停課』的內容。」

我的三百個分身在學校裡大鬧特鬧時也用過的，那個可以調整全校學生記憶的裝置啊。

其實後來大家覺得讓學生記得那件事實在不太好，所以用墮天使的獨門機械改變記憶。

墮天使擁有的技術，可以在一般人接觸到異能、異類存在時，消除他們的記憶。就像他們將有關天野夕麻——雷娜蕾的事從松田和元濱的記憶中消除時一樣。

只是太常使用那招，會對記憶造成不良影響，所以照理來說在使用上要有些限制條件比較好。所以這次才會將記憶改成「可疑人物入侵校園」這樣的設定。

「關於學校遭到破壞的記憶呢？」

潔諾薇亞詢問會長。

「我們也更改了學生們的記錄，讓大家以為同一天正好有緊急維修繕工程……幸好發生那麼大的騷動卻沒有人離開學校。有關各種攜帶型機器裡可能存在的記錄，也有三大勢力協助處理，應該沒問題。」

也就是說非人者的真實身分——這所學園的真面目沒有曝光囉。

不過真羅學姊還是一副很不甘心的樣子。

「但是被捲入這起事件的學生，心裡受到的打擊不會完全消失。『遇見很可怕的人』這樣的記憶會永遠留在他們心中。一想到他們今後也無法明白那些可怕的人是什麼，一直生活下去……我就無法原諒那些襲擊學校的人……！」

被當成人質的那個女學生……

有關魔法師的記憶已經遭到竄改。但是遭到可怕的人攻擊，或許會成為一直留在心中的心靈創傷。她永遠不會知道那是什麼人，一輩子帶著不安活下去……

這固然是魔法師的錯，可是或許也算是我們的錯吧？

……因為我們沒辦法阻止那些傢伙……追根究柢，這所學園本身——

匙把手放在我的肩上，搖搖頭：

「兵藤。你是不是在想——這所學園隱瞞真相對一般人營運本身就是錯誤？我了解你的心情，但是現在更應該掛心的是被帶走的塔城小貓他們吧？」

「是啊，我知道。」

沒錯，最優先事項是救出被他們抓住的三個人。可是……我藏不住大受打擊的心情。我原本以為白天的駒王學園是絕對安全的地方。之前曾經和可卡比勒在晚上的駒王學園決戰，但是從來沒想過會在平日的校園生活遭到恐怖攻擊。

……要是走錯一步，松田和元濱說不定也會成為犧牲者。只要和我們這些惡魔扯上關係，就會伴隨危險，這件事讓我再次體認這一點。所以我重新思考駒王學園的存在意義……

這麼說來，我原本打算把這件事告訴應該還在兵藤家的黑歌和勒菲……但是聯絡不上她們。我本來想告訴她們小貓被帶走了，但回應家裡專用通訊魔法陣的，卻是負責看家的奧菲斯。龍神大人說道：

「黑歌和勒菲，被瓦利叫回去了。」

好像是這麼回事。那兩個暫住在我家的女生是怎麼樣，重要的時候卻不在！

……嗯？被瓦利叫回去了？發生什麼事嗎？在我們這邊遭受襲擊時，也有人去攻擊他們嗎？不、不至於吧……話說現在沒空管瓦利那邊的事！

我搖了搖頭，試著轉換心情。這時身邊的潔諾薇亞表示：

「襲擊我們的是和『禍之團（Khaos Brigade）』一起對菲尼克斯相關人士下手的『離群魔法師』嗎？」

「應該是吧。」

伊莉娜接著回應。沒錯，我也這麼認為。

「羅絲薇瑟覺得呢？」

我向擅長魔法的羅絲薇瑟徵求意見。

「是的，我分析過魔法的痕跡——」

說到這裡，手機鈴聲在室內響起。

鈴聲似乎是從羅絲薇瑟那裡傳來的。

「咳，抱歉。喂……」

羅絲薇瑟清了清喉嚨，接起電話……是誰打來的？正當我感到好奇時——

「啊，奶奶！怎麼？有事麼？」

奶、奶奶？話說她好像有點口音……而且不是我想太多，羅絲薇瑟真的用帶有口音的語氣開口！

「是啊，我正在開很重要的會麼。工作？不用煩惱，我現在過得很好。阿嬤沒什麼好煩惱的麼。」

羅絲薇瑟的話使得會議中斷，大家都嚇得瞪大眼睛！

因為她明明是個很適合都會（又熱愛百元商店）的冷豔美女，開口卻帶著地方口音耶！這樣我們當然會驚訝啊！

「現在的上司是個好心人，薪水也比上一個工作多很多麼。所以我還可以送錢回去啦。不要緊不要緊！老家都沒事麼？你用我送回去錢的買東西，不要著涼我就放心麼。」

愛西亞輕聲對驚訝不已的我說道：

「不久之前曾經聽說，羅絲薇瑟小姐都會寄錢回去老家……」

潔諾薇亞也接著說道：

「聽說她的故鄉是個什麼都沒有的鄉下地方。她的祖母一個人住在老家，所以她把惡魔工作賺到的錢送回去。」

連伊莉娜都開口了：

「羅絲薇瑟說過，她的雙親都是侍奉北歐諸神的戰士，所以很少回家，她幾乎都是由奶奶帶大的，和奶奶很親。她還說自己的夢想是在故鄉蓋一間什麼都有的量販店。」

真的假的。我第一次聽說這些事。又是奶奶帶大、又是鄉下小孩、又會寄錢回家……！

所以她才會對錢這麼執著啊！

話說她想在故鄉蓋量販店是吧……對百元商店那麼執著也是因為這樣囉。

「我還是第一次知道……羅絲薇瑟的夢想。」

我一邊喃喃自語，一邊對屬性越來越多的前女武神湧現無盡的親切感。

可惡的奧丁老爺爺！居然把這麼好的人丟在這裡不管……！不過她確實有遺憾的一面！就連被丟在這裡也可以用「因為她是羅絲維瑟」一句話帶過！不過她還是好人！

講完電話的羅絲薇瑟再次清清喉嚨：

「……不好意思。沒想到老家的人會突然打電話過來……不過正好，我順便詢問也很擅長魔法的祖母，是否有突破堅固保全措施的術式……但是祖母提出相當現實的見解。其實我也想過這種可能性……」

「什麼可能性？」

我如此詢問羅絲薇瑟。

「——就是背叛者。」

蒼那會長代替她說出口。所有人的視線都集中在會長身上。

……背叛者啊。

「這個地區在三大勢力的同盟關係掌控下，除了我們以外還有許多工作人員。強大的結界以這所學園為中心籠罩整個城鎮，只要有可疑人物踏進這裡就會有人察覺。要是入侵者進來之後立刻隱藏行蹤確實會比較難以察覺，不過能夠過來這裡的可能性只剩下幾個。一個是硬闖。只要能力許可，這的確是個可行的辦法。但是這樣入侵會立刻被發現，這次的事件應該不是吧。」

嗯，如果出現那種強敵，連我也會察覺到氣息吧。

蒼那會長繼續說下去：

「第二個方法是住在這個城鎮的人或是工作人員跑出結界，被敵對組織抓住之後加以操縱，進而入侵這裡。關於這種案例，目前在居民、全校學生、工作人員身上都沒有發現類似的反應。這樣一來，最有可能的就是透過背叛者入侵學園了。」

「這種事情辦得到嗎？」

聽到我這個問題，蒼那會長皺起眉頭。看來她的答案很難啟齒。

「如果是能夠安然通過結界的核心成員層級的人就辦得到。也就是說，吉蒙里眷屬和伊莉娜、蕾維兒、我們西迪眷屬、阿撒塞勒老師，必須是這種程度的核心人員，才能安排如此大膽的襲擊。」

「我們之中有背叛者嗎！」

匙放聲大喊，一副難以置信的表情。我也是啊，匙。我怎麼可能相信這種事。曾經生死與共的夥伴當中怎麼會有背叛者——

會長聽到匙的吶喊，露出溫柔的表情：

「我也不相信有背叛者，但是襲擊者是大意不得的對手。就連他們的目的是不是蕾維兒．菲尼克斯也很難說。然而我們也不可能這麼天真，就這樣坐視不管。那麼關於被帶走的塔城他們——」

「會長！」

蒼那會長的話被打斷，「主教（bishop）」草下衝進社辦。

大家矚目的草下激動地報告：

「……帶走神祕學研究社一年級成員的人聯絡我們。」

事情有所進展了！

—○●○—

深夜——

我們神祕學研究社和學生會成員來到離學校最近的車站。

理由是——襲擊者聯絡我們，要求我們過來這裡。

他們的說法如下：

『如果想要回塔城小貓、加斯帕．弗拉迪、蕾維兒．菲尼克斯，吉蒙里眷屬、紫藤伊莉娜、西迪眷屬，限以上人等過來地下月台。』

就是這麼回事……是特地點名我們的傳言。

地下月台。應該是指設在這個車站地下，通往冥界的途徑吧。暑假時我們就是在這個車站的地下搭車前往冥界。

莉雅絲之前曾經說過，像那個月台一樣的專用空間，在這個城鎮裡還有好幾個……沒想到那些傢伙會在那裡。

會長在車站的電梯前輕聲說道：

「我完全沒想過他們會指定這裡。我已經請工作人員調查其他的惡魔專用地下空間……好像有魔法留下來的痕跡。看來他們曾經利用那些地方，作為暫時的棲身處。」

「他們是鑽進地面，從地底入侵這裡嗎？還是從冥界方面——經由列車軌道入侵？通過次元夾縫之類的……」

聽到我的問題，但是會長搖搖頭：

「不，兩者都不是吧。果然還是有人在不知不覺間遭到利用……？我實在不覺得他們入侵成功的原因是背叛……」

會長一臉凝重地沉思。

……也對，如果是從冥界、從吉蒙里領入侵這裡，就變成是吉蒙里家讓他們溜進來的，事情只會變得更複雜。

我們在電梯前集合。會長望著大家開口：

「天界、冥界的工作人員包圍了車站周遭。位於冥界吉蒙里領的列車用次元洞穴也已經封鎖。對方在想什麼至今依然不明……也只能由被點名的我們直接去見他們了。」

也就是說一切都準備就緒，對手是甕中之鱉。雖然不知道他們想做什麼，但是退路也遭到封鎖……不對，那些傢伙有能力溜進這裡，或許也備妥逃跑的手段……但是既然對方在等我們，就表示沒什麼逃跑的意思吧。

總而言之，我們最主要的目的是搶回我們的學弟妹！

「吉蒙里這邊由誰來指揮？」

潔諾薇亞如此發問。會長聞言推了一下眼鏡：

「這不成問題。由於這是非常事態，學生會、神祕學研究社都由我指揮。莉雅絲也這麼委託我了。」

——！

由蒼那會長指揮我們！喔喔，感覺也太可靠了！

「由於『國王（king）』不在，各位或許會感到困惑，不過你們願意聽從我的指揮吧？」

「是！」

我們吉蒙里眷屬異口同聲回應！那當然了！指揮者是蒼那會長的話當然沒有問題！

會長詢問潔諾薇亞：

「首先是潔諾薇亞。聖劍的七種能力當中，妳能夠使用幾種？」

「破壞當然沒問題。然後因為訓練奏效，擬態、透明、天閃也能用，只是還不到爐火純青的程度。夢幻和祝福在能力上和我的相性實在太差，用起來很困難。最難學會運用的支配更是不行。我完全無法支配任何東西。」

「這次因為地點是在城鎮地下，戰鬥會有所限制。大規模的破壞會造成坍塌與地層下陷，影響太大了。必須極力避免過度攻擊……狀況固然不同，但是要領就像西迪對抗吉蒙里那場遊戲，必須盡可能避免破壞。請少用威力過強的攻擊。有必要的時候，我會做出指示。」

對喔，會長說得沒錯。不能破壞這個地下月台，所以我們無法使用太強的攻擊，真的很像對抗西迪之戰。

之後會長一一詢問吉蒙里眷屬的狀況。看來她想臨時擬定戰術。

——這時有件事讓我很在意。

西迪眷屬裡有個沒見過的高大男子。是個外國人。有著一頭灰髮，長長的瀏海遮住眼睛，不過多少看得出外貌頗為帥氣。體格也相當不錯，差不多有塞拉歐格的水準。

我小心翼翼地詢問真羅學姊：

「請、請問一下，那個高大的男子是……？」

「喔，這位是駒王學園大學部的大學生——同時也是西迪眷屬新的『城堡(rook)』。」

西迪的「城堡(rook)」？真的假的，他就是新眷屬！出現得這麼突然實在很嚇人！而且還是駒王學園大學部的學生！大學部有體格這麼健壯的人啊。哇啊，我不知道的事情也太多了！

男子隨意做出反應，簡短開口：

「……叫我路．加路。」

真羅學姊接著說道：

「我們都叫他路卡爾。兵藤也這樣叫他吧。路卡爾，這次要拜託你在外面支援。」

「……喔。」

那個叫路卡爾的人就這樣離開現場。

……這、這樣啊，他這次負責外面啊。這也是很了不起的任務。因為敵人的援軍也有可能從外面過來。

「主人，周邊的準備都完成了。」

突然冒出陌生的聲音！我們吉蒙里眷屬四處張望，打算找出是誰在說話，最後——視線落在車站的天花板！

車站的天花板浮現西迪的魔法陣，一顆頭從中朝下冒出來！

而且那個人——

是個打扮像死神（grim reaper），戴著骷髏面具的小個子！話說那個打扮，根本就是死神（grim reaper）嘛！

「那、那不是死神（grim reaper）嗎！」

我指著天花板如此大叫，會長便說道：

「這是我的新『騎士（knight）』——」

「……我叫班妮雅……原本是死神（grim reaper）。」

嬌小的死神（grim reaper）從天花板掉下來，完美落地！

死神（grim reaper）同時拿下面具！面具底下是有如國中女生的臉！是個睡眼惺忪的可愛女生！有著深紫色長髮與金色眼睛。

拿在手上的死神（grim reaper）象徵——鐮刀，上面的骷髏裝飾是可愛風！

是個蘿莉！手拿鐮刀的羅莉死神（grim reaper）？

「是、是死神（grim reaper）————！而且還是女生————！」

會長對驚訝的我點點頭：

「是啊，班妮雅是死神。嚴格說來是半神。她是死神和人類的混血。」

「她是最上級死神之一——奧迦斯的女兒。驚訝吧？」

匙如此補充……突、突然告訴我這些，我還是搞不清楚狀況！

「……我確實聽說過西迪眷屬找到新的『騎士』和『城堡』人選，但是沒想到會是死神。」

羅絲薇瑟也因為嬌小的死神少女現身，嚇得瞪大眼睛。

嗯，我也嚇到了。誰會想到西迪的新「騎士」是死神啊！

這時真羅學姊搖頭表示：

「不，『騎士』的人選原本是別人。然而我們和原本的人選並沒有談成，當時她正好出現——」

「黑帝斯大人的作風讓我看不過去，所以我決定變節到你們這邊。你們要不要收我當眷屬看看啊？」

——據說她是這麼提議的。

會長原本還以為她會不會是黑帝斯派來的間諜，又懷疑怎麼會有這麼大膽的間諜。

「雖然很可疑，因為某個因素讓我決定相信她。」

我詢問會長：

「某、某個因素是……？」

蘿莉死神(grim reaper)遞了一張簽名板給我：

「胸部龍老大，我是老大的忠實粉絲。你看，我連披風裡都繡有胸部龍的圖案喔。能不能拜託你幫我簽個名？」

她、她還真的把刺繡秀出來……啊，真的繡了穿上鎧甲的我！

等等，那、那代表她真的是我的粉絲囉？繼勒菲之後又冒出一個！

「我的粉絲……？」

我隨手簽了名，同時詢問她。

「是啊，再加上可惡的老爸和黑帝斯大人的作風實在讓我看不過去，所以我就這麼離家出走了。」

死神(grim reaper)內部好像也有很多苦衷？冥府之神對內也有很複雜的問題要應付。

「幸好只要一個『騎士(knight)』棋子就夠了。」

會長如此說道。那真的很划算。

「我身上來自母親的人類血統比較強烈，所以沒什麼了不起。」

這個蘿莉如此表示……看來這個傢伙的個性和能力都很有特色。

會長對蘿莉死神（grim reaper）開口：

「班妮雅也和路卡爾一樣，負責在外面支援好嗎？」

「遵命，主人。我會和同梯的大塊頭大哥一起在外面待命。」

語畢的蘿莉死神（grim reaper）——班妮雅在腳邊展開魔法陣，然後鑽進去消失了……她穿越魔法陣的方式真有意思。不是光芒迸射進行跳躍，而是鑽進去啊。

會長輕聲嘆氣：

「在重要的作戰之前才介紹眷屬，真是非常抱歉……這種事真的會重複發生呢。」

「不，正好可以緩解作戰前的緊張。」

這是我的真心話。必須對付不知真面目的敵人搶回學弟妹，讓我的神經相當緊繃，但是在西迪介紹過新成員之後，讓我緩和了不必要的緊張。

不過這樣西迪那邊的棋子只剩三顆還沒用上的「士兵（pawn）」囉？我記得匙用掉四顆，仁村用掉一顆。

會長問我：

「那麼一誠，德萊格的狀況如何？」

「老實說，不太好。他偶爾會醒來，但是多半都在睡覺。現在也睡著了，毫無反應。如果是普通的手甲還變得出來，不過狀況不算完美。」

話說手甲的功能終於恢復到一定程度，現在可以使用倍加和轉讓的能力。修煉時我還有辦法變出鎧甲，現在就辦不到了……因為德萊格還沒完全恢復，力量相當不穩定……

「也就是說還沒有辦法禁手(balance breaker)化囉。我明白了。那麼我來擬定不用赤龍帝的鎧甲(boosted gear scale mail)的計畫吧。」

「我對不起大家。」

……可惡，在緊要關頭派不上用場真的很抱歉。莉雅絲明明派我留守，卻接連失態……

會長對沮喪的我露出微笑：

「你不需要道歉，一誠。你可是拯救冥界的英雄。既然你無法太過勉強，那就由我們來協助，如此而已。而且你在短時間內已經努力過頭了，反而讓我們為了自己的力有未逮而深感抱歉。」

不只是會長，其他西迪眷屬也都用力點頭。

「你偶爾也該依靠我們吧，兵藤。在排名遊戲中我們固然是對手，但是在實戰裡可是夥伴啊。我們也想守護冥界和駒王學園。」

匙露出燦爛的笑容……也對，說得也是。匙說得確實沒錯。

蒼那會長拉起我的手：

「所以今天就由我來領導你們。雖然我不是莉雅絲，唯有現在請你們相信我的能力。」

「是的，當然沒問題！」

全體吉蒙里眷屬再次回應！沒錯，別小看我們駒王學園！

會長再次詢問我：

「對了，轉讓可以使用幾次？」

「根據倍加的狀況會有所變動，不過二十次左右應該完全沒有問題。」

聽到我的說法，會長點點頭沉思一陣子之後，對我開口：

「很好。那麼，一誠就這麼做——」

會長說出作戰計畫之後，我們搭車站的電梯往下，前往地下樓層——

來到地下樓層的我們，朝通往冥界的列車月台前進。

穿過廣大的空間，沿著通道左彎右拐一會兒之後——

我突然察覺到危險的氣息……走出我們所在的通道之後，敵人就等在前方吧。

我們默默以眼神向彼此確認，擺出攻堅的陣形。

主攻——前鋒是潔諾薇亞、伊莉娜、匙、「騎士(knight)」巡、「城堡(rook)」由良。

中鋒是我、朱乃學姊、羅絲薇瑟、真羅學姊、「士兵(pawn)」仁村。

後衛是蒼那會長、愛西亞、「主教（bishop）」草下和花戒。

這是將近身戰的類型放在前鋒，遠距離攻擊成員放在中鋒，後衛則是以指揮為主的輔助成員。

我在莉雅絲不在時也能夠升格，所以直接變成「皇后（queen）」。匙和仁村也在會長的承認之下升格「皇后（queen）」。

隊形完成之後，所有人都將通訊用的冥界道具塞進耳內。這是用來代替對講機的東西，主要用在排名遊戲之類的場合。用了這個就可以輕鬆交談。

我們彼此使個眼色進行最後確認，步出通道——

前方是我第一次踏入的寬廣地下空間。

面積比地下月台還要大，高度也高出許多。原來有這個地方……真不知道這個城鎮的地下還藏有什麼樣的領域。

接著看向前方，看見一大票人馬。是一群魔法師！

所有人都穿著魔術師的長袍。長袍的種類各有不同，不過其中也看得到襲擊學園的那些傢伙穿著的款式。

我們保持距離，與他們對峙。

……乍看之下應該超過百人吧？還有不少魔物，想必是他們召喚出來的。他們集結的戰力也多得太誇張了吧！

話說入侵這個城鎮的人數居然這麼多……問題相當嚴重。

而且我稍微確認一下，沒有看見女性魔法師——也就是魔女！都是男人。也對啦。既然知道我的乳語翻譯(pilingual)，怎麼可能讓女性加入戰局。他們的作戰計畫肯定會露餡。

算了，先不管這個，我們的主要目的只有一個。

我指著他們說道：

「我們照你們所說的過來囉！我的學弟妹在哪裡？」

我的聲音在地下迴響。那些傢伙的反應卻只有嘲笑與聳肩……真是瞧不起人。這讓我怒上心頭，但是我得保持冷靜。我的缺點就是在夥伴陷入危機時無法冷靜，只會埋頭猛衝。老師之前才提醒過我。

其中一名魔法師向前走來：

「哎呀哎呀，你們好啊，各位惡魔。沒想到『新生代四王(rookies four)』當中的吉蒙里、西迪兩隊眷屬會為了我們來到這裡，真是無上的榮幸。」

會長問道：

「你們的目的是什麼？是菲尼克斯？還是我們？」

「都有吧。總之菲尼克斯家的千金由我們妥善照顧。因為我們的隊長要我們好好接待。」

隊長？誰啊？

魔法師不理會心生疑問的我，繼續說下去：

「菲尼克斯的問題解決了，剩下我們和你們的問題──我實在是很好奇。對於梅菲斯托那個狗屎理事和他的狗屎協會所認同的你們的力量。你們可以理解這種心情嗎？沒辦法吧？既然有強大的新生代惡魔，當然會想測試一下吧？我們這些喜歡用魔法亂來的傢伙就是這麼想的。」

那個魔法師彈響手指。

在場的所有魔法師瞬間展開攻擊魔法的魔法陣！

「開戰吧！各位惡魔！來場魔力與魔法的超級決戰！」

那是開打的信號！火、水、冰、雷、風、光、暗，各種屬性的魔法有如驚濤駭浪一般射向我們！他們驅使的大批魔物也衝了過來！

在數量無以估算的魔法暴雨落向我們之際，會長透過通訊器對我們宣告：

『──那麼，就讓我們展現一下新生代惡魔的力量吧──讓他們後悔與駒王學園的惡魔為敵。』

聽到充滿魄力的宣言，潔諾薇亞衝了出去！

她用力揮出王之杜蘭朵，以神聖氣焰將襲來的各種魔法擊落！

位居中鋒的羅絲薇瑟也使出全方位轟炸，支援潔諾薇亞的攻擊！朝我們衝來的大批魔物遭到羅絲薇瑟的魔法一一消滅！

經過潔諾薇亞和羅絲薇瑟的合力攻擊，大部分的魔法和許多魔物都被攔截下來，但是遺漏的魔法攻擊也即將命中我們！

這時位居前鋒的「城堡（rook）」由良翼紗站上前去，手中出現某種東西——是巨大的盾牌！由良大喊！

「擴張吧！我的盾——『精靈與榮光之盾（twinkle aegis）』啊！」

就在這個瞬間，一陣光芒從盾牌展開——化為巨大的光之盾！大到幾乎可以擋住半個空間！看起來真像光盾！

兩人漏掉的魔法攻擊全數打在光盾上——但是光盾毫髮無傷！

漏掉的魔法攻擊其實還有不少，但是那個盾牌承受了所有的攻擊卻沒有被破壞！好堅固的護盾！

蒼那會長透過通訊說道：

『那是阿撒塞勒老師給我們的人工神器（sacred gear）。訂定契約讓精靈寄宿在盾上，就可以改變能力。』

和精靈訂契約可以改變盾的能力！話說那是老師的人工神器（sacred gear）！這麼說來，學生會的人好像說過老師給了他們人工神器（sacred gear）！

配合「城堡（rook）」的特性，想必可以發揮驚人的防禦力吧！

打算先發制人的無數魔法攻擊和魔物的衝鋒都被完全擋下，魔法師們為之騷動。大概沒想到我們只花了幾招就可以全部擋下吧。

『——開始攻擊。』

會長毫不留情的指示，我們終於開始進擊！

『一誠就像我剛才所說的，利用斯基德普拉特尼在戰場上到處移動。』

會長如此指示我。沒錯，在下來這裡之前，會長告訴我的就是這件事。

既然無法禁手（balance breaker）化，就靠別的方法戰鬥！我能做的就是對夥伴進行轉讓！

『當我做出指示時，再麻煩你使用轉讓。』

「收到！」

我叫出魔法飛船——龍帝丸，然後抓住它。龍帝丸就這樣勾著我飛在空中。喔喔，被我抓住還可以發揮這麼大的馬力，真是強而有力！我到現在還是無法只憑自己的力量，靠惡魔的翅膀飛行，真是丟臉……龍帝丸，拜託你協助我了！

接下來開始倍增力量，做好隨時進行轉讓的準備！德萊格，拜託你趕快醒來吧！

『Boost!!』

潔諾薇亞、匙、「騎士（knight）」巡巴柄，三名前鋒衝了出去。潔諾薇亞以具有破壞力的攻擊將魔法師連同魔法攻擊一舉粉碎！巡手上的……是日本刀型的人工神器（sacred gear）嗎？看起來混雜光明與黑暗！

『巴柄的人工神器（sacred gear）是「閃光與暗黑之龍絕劍（blazer shining or darkness blade）」的日本刀版。正式名稱好像叫「閃光與暗黑之龍絕刀（blazer shining or darkness samurai sword）」吧。』

會長輕聲表示！真的假的！巡的神器（sacred gear）是那個黑歷史產物啊！不過攻擊力很高，就連沒有實體的靈體也可以輕鬆砍斷。

「真是的！會長，不要提那個名稱啦！不過這個真的很強！」

巡以交雜光明與黑暗的武器打穿防禦魔法，一個接著一個解決魔法師！

巡，妳為什麼要選那個？重視實用性嗎？說、說得也是，以破壞力來說的確是無與倫比，施展攻擊時光是斬擊的餘波都可以破壞地板和牆壁！那把人工神器（sacred gear）果然很強！

若是我沒記錯，人工神器（sacred gear）的名稱應該都是老師取的！我們的前總督無論幾歲都不忘中二精神！

「我可不會輸給潔諾薇亞！」

展開純白色的羽翼向前滑翔，同樣身為前鋒的伊莉娜揮舞著量產型聖魔劍。她以凝聚光力的聖魔劍對付魔法師。偶爾也會以光力發射光線。

接著是匙。他將難以解咒的黑色火焰——邪龍黑炎（blaze black flare）招呼在敵人身上

「給我全部待在那裡！」

黑色的火牆一口氣籠罩好幾名魔法師！沒錯，黑色火焰出現在魔法師的前後左右包圍他們，像牆壁一樣擋住他們的去路。只要進入匙的射程範圍便滿足發動條件，可以讓火牆在對手的腳邊出現。

這就是弗栗多系的神器（sacred gear）之一，「龍之牢獄（shadow prison）」——

匙更讓弗栗多的詛咒火焰席捲牆內，封鎖敵人的行動。火焰的熱度將緩緩折磨被束縛的人——除此之外還附加「漆黑領域（delete field）」的能力，逐漸削減他們的魔法力。

一旦被關進那座牢獄便無法脫身，直到力量全被搾乾——

此外匙還射出好幾道龍脈，接到魔法師身上！

「我要把你們的魔法力轉換成魔力！」

沒錯，匙最原本的能力也大有表現。以黑之龍脈（absorption line）連接對手，藉此吸收力量，甚至連血液都可以吸取——

龍脈的數量已經不下十條。魔法力透過龍脈流向匙！

「可惡！」

「這算什麼！」

魔法師們試圖用自己的魔法切斷龍脈，但是起不了任何作用。那個傢伙的龍脈極為強韌，沒那麼容易被切斷！

匙趁隙追擊，沿著龍脈以黑色火焰攻擊那些魔法師！

……一旦被匙逮到，差不多就到此為止了。要是實力不足以逃出龍脈和牢獄的束縛，只能等著被打倒。而且除此之外，他還有龍王化的絕招……

匙那個傢伙，身為技巧型的實力真是越來越強了！

『一誠，你聽得見吧？請你對匙的龍脈進行轉讓！』

是等待許久的會長指示！

「收到！」

我抓著龍帝丸飛過空中，降落到匙身邊，將經過倍增的力量轉讓到龍脈上！

匙則是將龍脈連接自己的一端解開，連接到位居中鋒的羅絲薇瑟身上！龍脈連接魔法師和羅絲薇瑟！

『Transfer!!』

進行轉讓的瞬間，所有龍脈都大幅搏動，魔法師們的魔法力跟著猛然流向羅絲薇瑟！

魔法師們的魔法力被一口氣吸走，紛紛昏了過去，一個個當場倒地！反觀羅絲薇瑟，她身上爆發出驚人的氣焰。

魔法師的魔法力全都流到羅絲薇瑟身上！

「好、好厲害！」

見我對於龍脈和轉讓的使用方式大吃一驚，會長表示：

『轉讓強化龍脈吸收魔法力的能力，同時再將龍脈連接到羅絲薇瑟身上，讓龍脈吸取的魔法力成為她的力量——既然我們也有擅使魔法的成員，當然要好好利用。』

會長相當了解我和匙和羅絲薇瑟的特性！

『理論上也可以把龍脈連接到加斯帕身上。因為龍脈也可以吸取血液，把連在對手身上的龍脈接到加斯帕身上，可以讓他吸血。如此一來對手會貧血，吸血的加斯帕則是提升力量。原本還有這招。問題在於加斯帕的吸收量……下次我再試著問他。』

會長！妳也把戰術摸索得太透徹了！未免太過擅長運用我們吉蒙里眷屬了！

「仁村——！我的背後交給妳了！」

「包在我身上！元士郎學長！」

聽到匙說的話，位居中鋒的「士兵(pawn)」仁村留流子施展輕快的步法，赤手空拳毆打、踢開魔法師。她正在支援匙。

仁村只有雙腳裝備鎧甲。看來是鎧甲噴出的氣焰，讓她發揮出非同小可的速度和踢擊威力。那是裝備在腳上的人工神器(sacred gear)吧！

仁村貼近對手身邊，發揮有如行雲流水的完美體術。她的戰法看起來彷彿是在跳舞！

「嘖！比情報提到的還要麻煩！」

那些魔法師也因為匙的多變攻擊而驚訝不已，於是改變攻擊目標。

魔法師們對著在一旁使出豪邁攻擊的潔諾薇亞舉起手。

「合成獸啊！」

他們以召喚魔法叫出大量的合成獸，襲向潔諾薇亞！有飛在空中的巨鳥型合成獸，還有在地面爬行的蛇型合成獸！潔諾薇亞舉起聖劍，提升神聖氣焰。

——這時第三隻合成獸鑽破地面現身！是個長著甲殼，看似烏龜的合成獸！

潔諾薇亞以破壞的攻擊葬送龜型合成獸！

——但是甲殼似乎比想像中還要堅硬，又因為是合成獸，甲殼形狀頗為複雜，劍深陷其中，看起來沒辦法馬上拔出來！

——劍被封住了！

這時飛在空中的巨鳥型合成獸，還有蛇型合成獸都撲了過去！

潔諾薇亞在即將遭到攻擊之際，讓王之杜蘭朵變形了！是擬態的能力！

潔諾薇亞舉起變得有如長鞭一般柔軟的聖劍，將飛在空中的合成獸一刀兩斷！在擊中的瞬間產生震動，看起來還附加破壞之力！

但是還有蛇型合成獸！

潔諾薇亞將刀身從長鞭變回原狀，並且提升速度！高速的一劍將蛇型合成獸斬成兩段！

看來揮下那一劍時也附加破壞之力，攻擊的餘波在地板上打出一個大坑洞！

擬態、天閃、破壞接連出現，潔諾薇亞使用了三種聖劍的特性。

魔法師們見狀大感震驚！

「她不是蠻力笨蛋嗎？」

異口同聲大喊！潔諾薇亞那個傢伙在魔法師業界的評價到底是怎麼了！好吧，她本來的確是蠻力笨蛋！可是那個傢伙也有成長好嗎！

「唔！那就改用魔法！」

一名魔法師以魔法製造許多球型火焰，發射過來！成群的火球像是擁有自我意識，在空中自由自在移動！

潔諾薇亞試著以聖劍驅散那波攻擊，但是在命中的瞬間火球就會閃躲，無法直接命中。

啊啊，潔諾薇亞最不擅長應付那種類型的攻擊了！

這時會長下達指示：

『潔諾薇亞，使用支配之力。』

「可是會長，我無法順利發動支配的能力。而且用那招操縱魔法師能做什麼？」

『不，並不是那樣用。支配的能力不必侷限在操縱生物。』

……什麼意思？我也搞不懂！

就在四處竄動的火焰正要襲向潔諾薇亞時，會長說了！

『潔諾薇亞！對著敵人發出的火焰魔法使用支配的能力！並且在心中用力默唸——想要停住火焰魔法！如果我的想法無誤，妳的劍可以更上一層樓！』

「——！」

潔諾薇亞遵照蒼那會長的指示，一臉凝重似乎是在集中精神！接著聖劍也彷彿呼應她的動作，發出燦爛的光芒！

下一秒鐘，原本飛向潔諾薇亞的火焰沒有擊中她，而是停在原地！

……是用聖劍的力量停住的嗎？她支配了魔法，讓魔法停住了！

潔諾薇亞也對這個結果感到驚訝：

「……支配之力還可以這樣應用……會長，這是怎麼回事？」

『果然是這樣啊。看來聖劍能夠支配的東西並不限於生物。剛才是稍微操縱一下魔法，但是不只是這樣。如果運用得當，應該可以支配任何現象。如果這樣做太過困難，至少要能夠操控敵人的攻擊。或是在同伴的攻擊落空時從旁輔助也不錯。』

「……利用那股能力擾亂敵人的攻擊，或是支援夥伴的攻擊是吧。」

『沒錯。看清楚自己的能力雖然不錯，只是多加嘗試應該可以得到更多樣化的使用方式。剛才的支配之力就是例子。』

…………

蒼那會長的命令讓我驚奇不已。

太厲害了，會長。甚至還可以幫我們開發新招式……在她的腦中，這個戰場到底呈現什麼樣的局面？

「別放過西迪的首領！」

魔法師的攻擊也鎖定會長！他們打算解決我們的指揮嗎！

然而會長身邊——一道藍色的強力結界籠罩所有後衛。製造結界的——是「主教（bishop）」花戒桃！

「休想對會長和後衛動手。」

一對手環出現在她的雙手，發出氣焰。

那是結界系的人工神器（sacred gear）嗎！可以籠罩所有後衛，可見範圍應該相當大！

後衛也不會乖乖挨打啦。哈哈，這下子前鋒也可以放心攻擊！

但是儘管張設結界，魔法師們還是開始行動！幾名魔法師瞬間消失又現身，然後再消失又現身，在空中反覆進行簡易轉移！他們穿過我們陣形的空隙，朝會長身邊逼近！

「嘿！來吧，接招——！」

他們在空中展開顛倒的魔法陣，裡面冒出巨大的岩石！好大！要是那種東西掉到後衛那裡，花戒的結界再怎麼堅固也撐不住吧！

「哎呀哎呀，你們別想得逞。」

帶著大膽的笑容，開口的人朝著落下的巨岩發出魔力——

呈現東方龍外形的巨大雷光射向巨大的岩石！

隨著劇烈的閃電和爆炸聲，雷光輕易地粉碎岩石！巨大的岩石碎片仍然往我們頭上落下，但是龍形雷光像是具有自我意識在空中到處遨遊，吞噬那些碎片！

那個人就是手指仍帶著電流，面帶微笑的朱乃學姊！她的背上冒出三對墮天使的羽翼，雙手戴著刻有魔術文字的黃金手環。

「——雷光龍。一直用自己的身體吸收一誠的氣，就學會這種特殊招式了。」

真的假的！一直吸收龍氣，就連雷光也變化為龍形嗎？而且那個還具備自我意識，自動遨遊吧？

「那個『皇后（queen）』的防禦有漏洞！」

即使巨岩遭到粉碎，魔法師仍然不為所動使出下一招！

對手發出無數呈現箭形的光芒！光對惡魔而言是劇毒！而且那些光的濃度看起來很高！要是正面中招就糟了！

但是根本不需要我擔心，朱乃學姊展開防禦……魔法，將對手的光箭全部擋下！喔喔，那不是魔力的魔法陣，而是有著魔法文字和圖樣的魔法陣！朱乃學姊用的是魔法！

「呵呵呵，這是我向羅絲薇瑟學來的防禦術式。藉此可以強化『城堡(rook)』的特性。」

學姊像羅絲薇瑟一樣，以防禦魔法來補強「城堡(rook)」的特性啊。一般而言，身為「城堡(rook)」的惡魔平常就會透過防禦魔力與魔法，提升自己的特性。

小貓也會用魔力防禦，但是她在那方面學得不是很完全，所以補強也只是差強人意。朱乃學姊也同樣比較擅長攻擊魔法，所以在和強敵戰鬥時，經常因為防禦而屈居劣勢。

朱乃學姊是「皇后(queen)」，具備「城堡(rook)」、「騎士(knight)」、「主教(bishop)」三種棋子的能力。但是即使身為「皇后(queen)」運用三種棋子的特性時，也有擅不擅長、適不適合的問題，拿手的能力也因人而異。

例如我在使用三叉升變(triaina)時，「城堡(rook)」和我的相性最高，「主教(bishop)」則是最差。因此才會變成單純的砲擊特化型態。這一點在使用真「皇后(queen)」時也一樣。

至於朱乃學姊和我正好相反，她最不擅長運用「城堡(rook)」的特性，因此才會經常因為防禦的問題而陷入劣勢。當然了，她最能夠發揮的就是「主教(bishop)」的部分。

但是我們經常得和強敵戰鬥，所以朱乃學姊也打算克服自己不擅長的部分，而以防禦型魔法進行強化！既然對於防禦魔力的意象薄弱，就用魔法的術式加以補強！

「那麼我也該懲罰調皮搗蛋的壞孩子了！」

朱乃學姊露出S的一面，利用火和冰的魔力將試圖襲擊會長的人們一網打盡！火和冰也都呈現龍形！吸取龍氣會造成那種影響啊！或者是因為赤龍帝的氣？

『剛才那些魔法師是足以穿越陣形的高手……不過看來朱乃也以排名遊戲的敗仗為教訓，變得更強了。』

會長如此說道。嗯，朱乃學姊可是非常努力在練習！排名遊戲雜誌的總評裡，有關她的評價不太好，讓她很沮喪。之後她就和莉雅絲一起多方嘗試，每天都在研究強化的方法。

這時會長再度下達指示！

『——好了，一誠！下一步！對羅絲薇瑟進行轉讓！』

「是！」

我在戰鬥中一直聽從會長的指示，以龍帝丸在戰場上飛來飛去，將赤龍帝之力轉讓給夥伴！我將力量轉讓給羅絲薇瑟之後，她立刻發出魔法的全方位轟炸！轉讓在這波全方位轟炸當中提升的不是威力，而是魔法的數量。

那些魔法師的前線戰力已經相當疲憊！照這樣下去應該打得贏！

「瞄準赤龍帝！」

偶爾也會像這樣，有些魔法朝飛在空中的我射來——但是這時有人會支援我，以散布在這個空間的無數面具當我的擋箭牌。這個空間裡有大量的面具飄在空中，形狀各有不同。

「目視，守護。這就是我的神器(sacred gear)。」

如此表示的是「主教(bishop)」草下憐耶。

『憐耶使用的面具是可以用在搜索敵人、諜報工作、守備等的人工神器(sacred gear)。』

會長如此說明。喔喔，有那個我就可以在戰場上安全飛行！話說西迪眷屬當中擁有好幾種能力的人真多！

『一誠，對椿姬進行轉讓！』

後續的命令又來了！我飛往真羅學姊身邊！——這時我才發現敵人朝我們發出足以占據三分之一戰場的巨大冰塊！

我看見真羅學姊變出的鏡子，便想通下一步是什麼。

——是反擊！真羅學姊的神器(sacred gear)可以承受對手的攻擊，並且加倍奉還！

『要強化反擊能力。加上赤龍帝之力後，即使是規模那麼大的魔法攻擊，也能夠成功反彈！』

如同會長所說，我將力量轉讓給真羅學姊！

鏡子神器發出耀眼的光芒，外型變得巨大！

『椿姬！反彈時要調整威力，控制在不會影響地下空間的程度！』

「是，會長！」

巨大的冰塊撞上巨大化的鏡子！強烈的毀壞聲響遍整個戰場，冰塊的破壞力接著往那群魔法師反彈！

破碎的冰塊裂成好幾塊，落在對手的陣形當中！

「可惡！冰塊被彈回來了！」

「不行！神器能力增強威力，會破壞防禦魔法！」

對面傳出好幾個魔法師的喊叫聲。

落到他們那邊的冰塊全都附加真羅學姊的神器能力，攻擊力大增。

經過剛才的反擊，魔法師已經呈現半崩潰狀態。大部分的成員都被打飛，撞上牆壁或地板失去意識。

「會長，完成了！」

匙大喊！他的右手冒出一條特別粗的龍脈。

『匙，辛苦你了。將龍脈連接到一誠身上，然後散開！』

遵從會長的命令，匙將那條特別粗的龍脈朝我拋來。龍脈緊緊黏在我的手甲上，但是這個連到哪裡？龍脈黏上我的手甲之後，匙便將他那一端放開。

「散開吧！」

龍脈像是在呼應匙的命令，分成好幾道！分成十道以上的龍脈有如具有自我意識不住蠕動，為了尋找連接對象朝四面八方飛去！

分成好幾條的龍脈分別飛向——陣形中的所有夥伴身上！龍脈連在每個人身上，所有人都和我的手甲連接！

會長說道：

『這樣一來，一誠的轉讓之力就可以透過龍脈傳到大家身上。一誠，請你退到後衛。接下來只需要在倍增完成之後，透過龍脈將力量轉讓給大家就可以了。』

透過龍脈進行轉讓！這、這樣確實很輕鬆！既然連著龍脈，我就不需要移動了！只要在倍增完成之後傳送出去就可以。待在後衛也沒問題！

會長繼續說道：

『其實可以一開始就使用這招……但是你身為不斷進化的赤龍帝，為了製造能夠順利傳送力量的龍脈，需要實際測試和時間。如果用了不夠強韌的龍脈，導致力量在轉讓過程中失控，可就得不償失。龍脈的強度已經在連接羅絲薇瑟和魔法師的龍脈進行轉讓時，實際測試獲得證實。之後只是等待匙製造足以連接隊上所有人的龍脈。』

——會長完全掌握我的力量該用在哪裡！

對於佩服到說不出話來的我，會長開心地說道：

『一誠和匙的能力相性實在太好了。組織戰術非常有意思。』

身為夥伴的蒼那會長真是太可靠了！

『看來第一次交鋒是我們獲勝。』

正如會長所說，魔法師們和我們的第一次交手，結果是近乎全軍覆沒。

—○●○—

「這樣就沒事了！」

「謝謝妳，阿基多學姊。」

幫仁村恢復過後，愛西亞開始幫下一個人恢復！

目前的戰局對我們絕對有利。還能站立的敵人已經屈指可數，我們也有餘力，所以進入幫傷患恢復的階段。

在那之後，我也待在後衛待命，安全地倍增手甲的力量，然後透過龍脈進行轉讓。

「走吧，伊莉娜！」

「嗯！」

位居前鋒的潔諾薇亞和伊莉娜不顧身上的些許傷勢，仍然在戰場上奮戰。

潔諾薇亞開始學會應用聖劍的各個特性，魔法師根本無法阻止她的猛攻。

伊莉娜也憑著聖魔劍創造優勢。依據使用者的能力，那把聖魔劍也可以像木場那樣附加屬性。

看來伊莉娜也在和我們一起修煉的過程當中，逐漸熟悉使用方式，她在聖魔劍上附加火、水、雷等多樣化的屬性，在對付魔法師的魔法時始終居於優勢。

「哎呀哎呀，我明明也提升各種特性了。」

「算了，這種程度的對手還差得遠。」

這時朱乃學姊的魔力攻擊和羅絲薇瑟的魔法也攻進敵陣！兩人的攻擊產生盛大的爆炸和波動，將魔法師的防禦魔法陣和防禦用的大批召喚魔像轟散！

「防禦就交給我！」

學生會的「城堡(rook)」由良也用她的盾型人工神器(sacred gear)抵擋對手的攻擊，保護夥伴。那個盾牌也能夠像溜溜球一樣，一邊旋轉一邊朝對手飛去。丟出去的時候還可以噴出火焰與電流，進行屬性攻擊。帶有火焰和電流的溜溜球！

看著眼前的光景，會長脫口說道：

『……原來如此，所以我覺得莉雅絲的戰術太過單調。我們對付的分明是群高於一般水準的魔法師……』

說到這裡，會長歎了口氣：

『是因為吉蒙里眷屬太強了吧。在指揮的過程中，我再次體認這一點。與其胡亂下達指示，讓你們憑藉氣勢衝鋒陷陣，更能發揮出十二分的強大力量。平常的戰線還會有禁手（balance breaker）狀態的一誠和木場，更是會覺得不需要戰術也沒關係。難怪莉雅絲自己也覺得讓你們自己衝鋒會比較好。』

不好意思！我們就是連腦袋都是肌肉的隊伍！是的，目前為止我們都是來硬的！

雖然學會招式之後多少有點改善，畢竟還是多了幾招的力量隊伍！

『一誠不是禁手（balance breaker），杜蘭朵破壞力超群的波動在這裡也不能使用，木場又出差了，遇到這個狀況還是打得占盡優勢……未來的惡魔果然還是需要訓練眷屬。我們也來增加練習量吧。』

啊，會長的眼鏡閃了一下。這下不妙，肯定會有更嚴苛的修煉在等待西迪眷屬！

「我再也不想和吉蒙里眷屬戰鬥了。」

「我也是。照這樣看來，下次交手肯定會沒命。」

花戒和草下都這麼說！會長聞言也只是嘆息……不，對我來說，我也不想和西迪眷屬交手。因為我了解到蒼那會長的腦袋對我而言是未知的領域。這次的戰鬥幾乎每件事都照著會長的指示在走……能夠即興搭配兩支不同的隊伍並且妥善運用，實在太厲害了！

——！

突然間，魔法師舉起雙手投降了。

「……知道了知道了。是我們輸了。話說我們的隊長叫你們過去。」

他們的眼前竄過光芒，形成轉移型的魔法陣。

「你們的學弟妹，還有指揮這次襲擊的隊長就在另外一邊，快過去吧。只是隊長說了，赤龍帝、弗栗多、杜蘭朵的持有者、雷光巫女、治癒聖女、女武神、米迦勒的A（ACE）一定要到。」

那個魔法師的語氣像是在鬧彆扭。

……怎麼了，開始之前還得意洋洋，輸給我們之後就變成這種態度……算了，抱怨這傢伙也無濟於事。

會長將通訊道具從耳裡取出，然後展開通訊用的魔法陣：

「請在上面待命的人員下來，將待在這裡的魔法師全部抓起來。」

「咦？連我們也要抓？我、我們只是開個小玩笑嘛！抓那些『禍之團（Khaos Brigade）』的術士就好了吧！」

幾個魔法師開始裝傻了。這麼說來，他們大概是「離群魔法師」吧？

……不不不，都造成我們的損失了，這可不是開玩笑三個字就可以矇混過去！拿襲擊我們當遊戲啊……！

匙走到滿嘴怨言的男魔法師前面，一把抓住他的領口。那個傢伙的長相我記得很清楚，他就是在學園攻擊我的傢伙之一。匙狠狠瞪著他：

「……誰跟你開玩笑！都是你們害得我們的學生……」

話說到這裡，匙搖頭放開那名男子的領口：

「……要是這麼做，我對兵藤說的話又算什麼。但是、但是……」

匙的拳頭不住顫抖，看起來相當不甘心。

匙在來到這裡之前對我說過「與其現在思考學園的定位，不如專心想著救出塔城。」表現得相當正常。但是他的心中也是十分憤怒吧。

沒錯，這個傢伙也是平常在學校裡四處奔波，為了學生盡心盡力的學生會成員之一——他當然比任何人都愛著學園。

我把手放在匙的肩上，對他笑了一下，然後一拳揍向他放開的魔法師臉上。

「你們要找……找我們就好！一般學生是無辜的吧！」

挨揍的男性魔法師一臉愕然。

沒錯，老師，事情只要牽扯到夥伴，我還是無法冷靜……非常抱歉。可是這次，只有這次讓我感覺舒暢一點。

匙苦笑說道：

「……兵藤，你真是笨蛋。」

「彼此彼此，好兄弟。」

說真的，改天就找木場和加斯帕和你，來個駒王學園男性惡魔的聚會好了。

最後決定只有吉蒙里眷屬和伊莉娜，西迪方面的會長和匙通過新出現的魔法陣。完全遵照對方的要求。

其他的學生會成員負責和在上面待命的三大勢力工作人員合作，將我們逮到的魔法師移送到冥界。

據說工作人員在上面也和魔法師打了一場，好像有幾個魔女在外面透過轉移魔法陣，將石頭和泥土製成的魔像還有召喚出來的魔物送來地下。魔女們為了避開我的能力，透過這種方式支援他們啊。工作人員們打倒她們，將她們也抓起來了。

在無後顧之憂的狀態下，我們前往他們稱為「隊長」的人身邊。

於是我們透過他們準備的魔法陣進行轉移，眼前出現的——

……是一大片寬廣的白色空間。

空無一物，只看得見一片白的空間。上下左右都是白色的方形場所。

……天花板的高度相當高。雖然比不上我們用來修煉的領域，不過應該還是足夠讓我們盡情發揮。

「這裡是搭建在次元夾縫的『工廠』，應用了惡魔在排名遊戲的領域使用的技術。」

——突然傳出第三者的聲音。我看向聲音傳來的方向……

前方出現一個我剛才在環顧整個空間時還沒看見的人影。

出現在和我們有段距離之處的那個人，身上穿著一件裝飾講究的銀色長袍。聲音聽起來是年輕男子。

身高還算高。風帽拉得很低，看不見臉。

……從打扮來看，應該是魔法師吧？正當我們觀察對手的舉動時——

「一誠大人！」

接著傳來蕾維兒的聲音！我看向聲音傳來的地方，發現在右邊距離我們稍遠處，蕾維兒、小貓都站在那裡！……小貓身上還背著加斯帕！他癱在小貓身上一動也不動，一看就知道肯定出了什麼事。

蕾維兒和小貓沒有受到拘束，身上穿的也是被帶走時穿著的駒王學園制服……乍看之下除了加斯帕以外都沒有明顯的外傷。

「他們就還給你們了。」

長袍男如此說道。

我們一邊觀察那傢伙的狀況，一邊向小貓和蕾維兒招手，示意要她們快點跑過來。在她們三個來和我們會合的這段時間，長袍男沒有任何舉動。

「一誠大人……」

蕾維兒的眼眶是濕的。

「蕾維兒，他們有沒有對妳怎麼樣？聽說他們在打探有關菲尼克斯的事……」

聽到我的問題，蕾維兒不發一語，渾身顫抖。看樣子身體沒有受什麼傷，而是精神方面受到打擊。

小貓將趴在背上的加斯帕放下來，讓他接受愛西亞的恢復。

小貓心有不甘地咬著嘴唇：

「……他們透過魔法陣在我和蕾維兒和阿加身上進行某種調查，倒是沒有對我們的身體做些什麼。只是阿加他……」

加斯帕——被打到整張臉都腫起來了。他的臉瘀青又腫，完全看不出可愛的模樣——

「……阿加為了保護我們……」

小貓的眼角也泛出淚光。

看著不成原形的加斯帕，我……

長袍男說道：

「關於他的遭遇，是我們的疏失。似乎是因為他為了保護她們兩位而反抗，導致我的部下忍不住對他動手的樣子。除此之外我們都還算友善。」

……這樣啊，加斯帕是為了保護小貓和蕾維兒吧。

你這個小子，怎麼這麼有男子氣概。

看見加斯帕的遭遇，包括我在內，所有眷屬身上的氣焰都改變性質。

對可愛的學弟做出這種事，休別想平安回去……！

這時蒼那會長冷靜地伸手制止散發出憤怒氣焰的我，開口問道：

「你就是這次的幕後主使者嗎？」

「是的，沒錯。」

他想也不想就回答會長的問題。這個傢伙果然就是那些魔法師口中的「隊長」。

會長又問道：

「你是『禍之團（Khaos Brigade）』嗎？如果是的話，襲擊我們的理由是什麼？」

「是啊，我現在是『禍之團（Khaos Brigade）』的一分子。關於這次我們發動襲擊，有幾個理由。那些魔法師之所以襲擊你們，是出自好奇心。原本隸屬『禍之團（Khaos Brigade）』的他們——」

會長接著他的話說下去：

「他們和離群魔法師們聯手了吧？剛才的那群魔法師，是遭到協會放逐的魔法師和加入『禍之團（Khaos Brigade）』的魔法師組成的混編隊伍。因為他們所使用的術式，和之前三大勢力進行和平會談時前來阻擾的魔法師使用的魔法陣紋章一模一樣。」

「是啊，他們之間的交流比較頻繁。」

「難不成這次的襲擊，和協會公布的新生代惡魔評價有關嗎？兵藤一誠說過，襲擊他的魔法師在攻擊他時曾經提過評比等級，在剛才的團體戰裡也相當關注我們的力量。」

「呵呵呵，看來不需要我多加說明。沒錯，就是這樣。他們好像相當在意協會公布的新生代惡魔評價，很想測試自己的魔法對你們管不管用。」

由梅菲斯托．費勒斯先生擔任理事的魔法師協會，針對我們做出的評價。他們因為在意那些評價，才會襲擊我們——雖然現在說這些已經太遲，不過他們也太自以為是了！

男子繼續說道：

「因為他們當中年輕的魔法師比較多，不太能夠克制自己。」

會長隨口附和：

「啊，原來如此。號稱『禍之團（Khaos Brigade）』最大派系的舊魔王派，以及之後竄起的英雄派，在兩大派系消失之後，組織結構大為混亂，他們的意見也變得比較容易獲得採納是吧？」

「是啊，沒錯。因為原本以威權與力量統領組織的夏爾巴‧別西卜和曹操都已經不在了。現在是我擔任部分的指揮工作……但是做起來實在很辛苦。這次也算是實現他們的一點小任性吧。最主要是高層表示『總之就隨他們高興吧』就是了。」

……那算哪門子的理由！讓那些魔法師把不滿發洩在我們身上？開什麼玩笑！話說……什麼高層？所以背後還有別人指揮這個傢伙囉。那個傢伙就是老師所說的，統整「禍之團（Khaos Brigade）」殘存分子的傢伙嗎？

男子接著說道：

「以上就是這次的理由之一。至於第二個則是這個。」

男子一個彈指，右側的牆壁便隨之移動，往下沉沒。

牆壁後方的東西映入我們眼中——眼前擺滿大量的培養槽，呈現有如實驗室的景象。

連接機器的眾多培養槽。裡面——並不是空的。

蕾維兒別開視線。我們確認一下培養槽裡的東西——裡面裝滿液體，至於泡在裡面的似乎是人……？

正當我們感到疑惑時，男子說道：

「你們知道不死鳥的眼淚是如何製造的嗎？純血的菲尼克斯家成員，在經過特殊儀式處理的魔法陣裡，以同樣經過特殊儀式處理的杯子盛滿水，朝杯中滴落自己的眼淚。混入眼淚的水就會變化為『不死鳥的眼淚』。落淚時必須將內心放空，否則不會變成『不死鳥的眼淚』。據說是因為帶有感情的眼淚『只是當事人本身的眼淚』。為了自己流下的眼淚、思念他人流下的眼淚都沒有效果。」

男子指著培養槽說下去：

「我之所以會說這裡是『工廠』是因為魔法師在這裡量產眼淚。他們大量製造上級惡魔菲尼克斯的複製體，在培養槽當中生產『不死鳥的眼淚』——這個『工廠』已經預定要放棄，所以也已經讓他們停止運作。」

那些培養槽裡面的是惡魔菲尼克斯的複製體？喂喂，他們居然搞出這種東西！冒牌的「眼淚」就是利用這些複製體製造的嗎！

他們讓蕾維兒看了這個吧！所以她才會那麼難受！她可是純正的菲尼克斯家長女耶！而且還說要拋棄……！看見這種情景當然會受不了……！

會長瞇起眼睛，說出嫌惡的話語：

「……將在這裡製造的產品流入黑市，賺取龐大的資金。這種想法實在令人不悅。你們之所以對菲尼克斯家的人下手，就是為了提高製造那種東西的完成度吧？」

「妳的腦筋動得那麼快，讓我省了不少麻煩呢，西迪家繼任宗主。憑魔法師們的研究複製菲尼克斯的特性似乎有其極限，所以他們使出最後手段，綁架菲尼克斯家的相關人士，直接取得情報。結果好像有些事情只能從血統純正者身上得知，所以他們才決定帶走蕾維兒．菲尼克斯。喔，請放心。我們沒有對蕾維兒．菲尼克斯等人的身體動任何手腳。只是為了提升『眼淚』的完成度，收集了魔力之類的詳細資料。」

但是這些傢伙傷了蕾維兒的心……！

「……過分……太過分了……怎麼可以做出這種事……為什麼要製造複製體……」

看著培養槽，蕾維兒不斷流下悲傷的淚水……我完全同意，居然做出這種事……！之前透過不法管道取得「眼淚」的那些傢伙，因為流通管道遭到阻斷，就自己進行這種研究。

男子淡然說道：

「加斯帕．弗拉迪的情報對於我們倒是意外的收獲。」

從剛才聽下來，這個傢伙的發言未免也太平靜了。說起話來長篇大論，卻完全不帶感情。彷彿一切事不關己。

男子翻動長袍，改變話題：

「——好了，接下來是我們的最後一個要求。有人想和你們這種強者戰鬥，能不能請你們陪他打一場呢？其實對我來說，這才是這次襲擊的主要目的。實現魔法師們的要求，只不過是『順便』。」

如此說道的男子在彼此之間畫出巨大的魔法陣。光芒在地板上竄動，描繪出圓形之後變得更加耀眼。

陪他打一場？他要我們和誰戰鬥？而且還說這才是最主要的目的……

那麼要我們轉移到這裡，也是因為這才是重頭戲嗎！

……話說我看過那個魔法陣。沒錯，那和我們呼喚那個巨大的龍王，密特迦歐姆的意識時使用的陣形非常相似。

匙喃喃說道：

「——龍門？」

沒錯，就是龍門！用來召喚力量強大的龍的魔法陣！我留在次元夾縫時，大家原本也要用這個召喚我！

龍門發出的光芒是綠色。我記得龍門的顏色會反映出召喚的龍以及要召喚的龍的代表色吧？

我聽說過德萊格是紅、阿爾比恩是白、弗栗多是黑、法夫納是金、玉龍是綠、密特迦歐姆是灰、迪亞馬特是藍、坦尼大叔是紫。

「……那是綠色？掌管綠色的龍應該是五大龍王之一，玉龍！為什麼玉龍會來這裡？」

在京都遇見的態度輕浮的龍王！那個傢伙身上的氣焰就是綠色！所以玉龍即將出現在這裡？為、為什麼？

正當我心生疑問時，會長搖搖頭：

「……不，那個顏色不是綠……是更加深沉的……綠色……」

顏色的確比較濃。是深綠色……所以不是玉龍囉？

「有掌管深綠色的龍嗎……？」

伊莉娜也唸唸有詞。

「——有。過去曾經存在掌管深綠的龍。」

隨著銀色長袍男子的話，龍門(dragon gate)魔法陣的光芒變得更加強烈，最後綻開！

呼喔喔——！

足以憾動整個白色空間的巨響——叫聲來自巨大的嘴巴。

我們眼前出現有著淡黑色鱗片，以兩隻腳站立的巨大怪物。粗壯的四肢，銳利的尖爪、獠牙、犄角，伸展大到離譜的雙翼，拖著又長又大的尾巴。

不過最正確的說法，大概是具有龍族特徵的巨人吧。整體外型比較接近人類。但是又有尾巴和翅膀，頭部也是龍的頭。

「——傳說之龍，『大罪暴龍（crime force dragon）』格倫戴爾。」

長袍男如此低語。巨龍張開長滿獠牙的嘴，閃耀銀色光芒的雙眸射出銳利的眼神，其中充滿了戰意和殺氣。

『呼哈哈哈哈哈。好久沒通過龍門（dragon gate）了！好了，我的對手是誰？有吧？我最喜歡的超強對手！』

對於神祕的龍現身，我們驚訝得說不出話來。那個巨大的身形和坦尼大叔相當。

只是和坦尼大叔有決定性的不同。不是外觀。

——身上的氣焰顯得相當邪惡。

污黑的氣焰，光是用看的就有種不祥的感覺。

匙的影子裡冒出人類大小的黑蛇——那是弗栗多。

弗栗多眼中的光芒一沉，發出驚訝的聲音：

『……！是格倫戴爾……！』

對了，我想起來了。

老師前幾天才提過這傢伙的名字。可、可是……當時老師說他已經毀滅了……！這是怎麼回事……？

弗栗多繼續說道：

『……不可能。他因為極盡暴虐之事，最後遭到第一代英雄貝奧武夫徹底消滅了。』

巨大的龍──格倫戴爾看向弗栗多和我：

『──！這個有意思。天龍，是紅色的吧！連弗栗多也在！怎麼變成那副德行？』

那隻龍興致勃勃地瞇起銀色雙眸。

「二天龍已經遭到消滅，被封印在神器（sacred gear）裡。」

聽到長袍男的話，那隻龍放聲大笑：

『呼哈哈哈哈哈！什麼嘛，你們也被幹掉啦！太丟臉了！太丟臉了吧！還說是天龍！居然被消滅了！不過確實不錯！當成醒來之後第一個對手相當不錯！』

那隻龍笑完之後，展開雙翼，壓低姿勢！

要、要來了嗎……！糟糕！從氣焰的質性看來，那隻龍的能力相當不妙！

我既不是最佳狀態，眷屬也沒有全員到齊！

潔諾薇亞和伊莉娜舉劍擺出架勢：

「……只能上了嗎？」

「可、可是我是第一次和傳說之龍戰鬥喔！」

「我也是啊。雖然在對抗洛基之戰對付過冒牌密特迦歐姆和小噬神狼……但是這個傢伙怎麼看都是龍王等級，甚至在那之上！」

是啊，潔諾薇亞說得沒錯。這隻龍身上散發龍王等級，甚至有過之而無不及的氣焰。

在這個緊張的場面，長袍男說道：

「……赤龍帝，你不裝備鎧甲嗎？」

「不好意思，因為狀況不太好。」

「……這下傷腦筋了。這次的主題之一，就是你和格倫戴爾的戰鬥呢。」

話、話不是這麼說的……

能用的話我也想用！不，我還是再次嘗試呼喚德萊格好了。

「……德萊格。聽到了嗎，德萊格？事情有點不妙，拜託你醒醒。我們要對付一隻叫什麼格倫戴爾的龍。喂，德萊格！」

我對著寶玉大喊。

……沒有反應。還在睡嗎？

就在我如此心想之時——

『…………』

喔喔，好像有點反應了？

「德萊格？喂，你怎麼了？」

我再次開口。這時——

『……大哥哥是誰？』

……嗯？剛才我好像聽見德萊格的聲音說出奇怪的台詞……

「……德、德萊格先生……？」

我又叫了一次。這次他的回答是——

『嗯，我是德萊格。是龍的小孩。』

…………

咦。

「咦——————————————！」

我的眼珠凸出，只能放聲大叫！

什麼叫「我是德萊格，是龍的小孩」啊！現在是怎麼樣？發生什麼事了？

會長對著混亂的我開口。啊，原來大家都聽見德萊格剛才的話了。

「……說不定——」

「蒼那會長，妳知道這是怎麼回事嗎？」

蒼那會長回答朱乃學姊這個問題：

「……這只是我的假設。赤龍帝德萊格因為一誠和『胸部龍』有關的影響，精神狀態原本就不太好。再加上在之前的魔獸事件，德萊格為了讓一誠復活而使用力量，大部分時間都在休眠。或許是因為使用太多力量，至今仍無法完全恢復，引發輕微的退化作用吧。」

退、退化作用……？就是漫畫和電視常出現的那個嗎？

小貓說道：

「……我覺得純粹只是因為一誠學長那些和胸部有關的事，讓他疲憊不堪才會出現退化作用……」

真的假的？因為我的胸部龍，讓德萊格疲憊不已……所以精神年齡退化到幼兒階段？

德萊格隨即以顫抖的聲音說道：

『……胸部……胸部，好可怕……』

——胸部這個關鍵字讓他感到害怕了！

竟有此事！有這麼嚴重嗎！他就這麼討厭「胸部」嗎？

因為過度討厭胸部，所以逃避現實？

我試著安撫他：

「德萊格！不對，德萊格小弟！胸部不可怕！胸部非常柔軟，是好東西！」

沒錯，胸部是奇蹟！還記得嗎？胸部救了我們好幾次啊！

『……「陷陷陷陷呀啊——」這句話一——直留在我的內心深處……』

好嚴重！心靈創傷也太嚴重了！大事不妙！

「天龍發生退化作用？這是怎樣？你做了什麼才能把傳說之龍逼到這個地步啊？」

匙顯得相當驚訝。

不，我才想問啊！這是怎麼回事！我該怎麼做才好？

「弗栗多，你有辦法處理嗎？」

匙如此問道。黑色龍王的回答是：

「如果還有一隻龍王，或許有辦法將德萊格的意識拉回來。」

還要一隻龍王？眼前是有一隻等級相當的龍，但是感覺應該不會幫忙。

『喂，我還不能戰鬥嗎？應該說德萊格那個混帳怎麼了？』

格倫戴爾詢問長袍男。

「天龍偶爾也會覺得活得很累吧。現在先靜觀其變好了。」

說什麼天龍也會覺得活得很累！不是這樣解釋吧！這完全是我的錯！

「交給我吧！」

正當我們感到困惑時，有個出乎意料的人向前踏出一步——是愛西亞。

看見下定決心的愛西亞，會長說道：

「看來愛西亞已經準備好了。那麼這件事就交給愛西亞吧。」

……這是怎麼回事？愛西亞學會什麼了嗎？

不顧一臉訝異的我，愛西亞開始詠唱蘊藏力量的咒文！接著身前冒出金色魔法陣！

「——回應我的呼喚吧，黃金之王啊。匍匐於地，接受我的獎勵吧。」

詠唱過這段咒文之後，金色魔法陣發出更加強烈的光芒！

龍門(dragon gate)再次展開。我看過那陣金色的光輝！

「出來吧！黃金龍君(Gigantis Dragon)！法夫納先生！」

在愛西亞詠唱完咒文的瞬間，回應呼喚的存在現身了！

從金黃色的魔法陣當中出現的——是一身金色鱗片，以四肢爬行的巨龍。

全身上下散發強烈的氣焰。這隻龍也和格倫戴爾一樣，全長有十幾公尺。是隻沒有翅膀的龍。

……頭上的角掛著像是布的東西……那是什麼符咒嗎？

話說……法夫納？法夫納不是和老師締結契約的五大龍王之一，化身為他的黃金鎧甲的那隻龍王嗎？難怪我記得那陣金色光輝！

會長為嚇了一跳的我說明：

「因為阿撒塞勒老師不再上前線，於是解除他和龍王的契約。只是就這樣放他自由也有點可惜，所以勸他和愛西亞締結契約。」

……我知道老師要退出前線，但是沒想到他會把法夫納交給愛西亞！

對了，老師很重視愛西亞身為魔物驅使者的才能。他還建議愛西亞可以試著和傳說中的魔物締結契約，要她準備擋箭牌以免在恢復時遭到敵人攻擊。所以才把龍王交給她嗎？

會長繼續說下去：

「看來正如莉雅絲所說，成功締結契約了。說她得到龍神奧菲斯的庇佑也沒有錯。」

「……奧菲斯的庇祐？啊！老師在離開時曾經提過！」

這麼說來，轉移之前的老師對愛西亞和奧菲斯說過這些話！所以最近愛西亞和奧菲斯經常偷偷交談，就是因為這個嗎！

會長點點頭：

「愛西亞的氣焰開始多出奧菲斯那種類似神通力的力量。經過調查之後，並不是直接提升能力，但卻可以提升和龍的相性還有運勢。奧菲斯自己好像也沒有給她這種庇佑的自覺，一定是下意識對愛西亞抱持謝意吧。同樣的，紫藤伊莉娜也得到了庇佑。」

「我的運勢真的有變好喔！之前我去購物中心時，抽獎中了二獎呢！」

伊莉娜豎起拇指開口！二獎實在有點不上不下！

「會長，我、我有沒有奧菲斯的庇祐啊……？她明明一直跟在我後面跑來跑去，不知道有沒有傳給我。」

「……一誠的狀況與其說是庇佑，不如說是被附身比較貼切吧。我想你一定背負任何神祇都無法消除的業障。」

已經不是黏在我身邊，而是被她附身！連神也無法消除！

「也因為有奧菲斯當中間人，法夫納和愛西亞締結了契約。由於是收集全世界祕寶的傳說之龍，愛西亞為了完成契約，必須準備能夠讓他滿意的寶物……代價似乎很大。」

「她到底支付了什麼代價才完成契約的？」

「……這、這個……我不好意思說……」

聽到我的問題，會長便支吾其詞。為、為什麼？有什麼不能說的嗎？

「不，我非常好奇！我重要的家人到底犧牲了什麼才得以和龍王締結契約！我必須知道這件事才行！」

她可是我的寶貝愛西亞喔？愛西亞為了變強付出了什麼！身為家人的我不能不問！

會長紅著臉，用非常小的聲音害羞說道：

「……褲……」

聽不見！我又問了一次。

「咦？我聽不見！麻煩會長說清楚一點。」

這時愛西亞以極度害羞的模樣大喊！

「是內褲！」

…………

……啥——！

我突然察覺掛在角上的布是什麼了！

——那是內褲！女生的內褲！

法夫納終於開口：

『——寶物，小褲褲，本大爺收下了。本大爺，小褲褲，開心。』

——小褲褲。

……啊啊，怎麼會這樣。

這傢伙是變態……！

以內褲為代價答應締結契約的龍王？等一下等一下！既然如此，那麼老師又是用什麼東西和這隻小褲褲龍締結契約？內褲嗎？老師也從某處找來小褲褲交給他嗎？

「我想老師應該給了他真正貴重的寶物。」

像是在回答我心中的疑問，會長如此說道。

原、原來如此～～！會直接聯想到內褲的我真是笨蛋！

我對法夫納的印象跌到谷底！他在老師身上化為那麼帥氣的鎧甲，沒想到真面目卻是這麼回事……！

強忍著害羞，愛西亞詢問內褲龍王：

「法夫納先生！德萊格先生的精神相當衰弱！同樣身為傳說之龍，可不可以請你幫幫德萊格先生？」

『——可以啊。』

喔喔，真的假的。愛西亞開口請求：

「——！真的嗎？拜託你了！請你讓德萊格先生變回原來的樣子！」

『給我寶物。』

——！居然自己要起東西來了！

「……我、我知道了。你要契約的代價吧……」

愛西亞忍著恥辱，從包包裡——拿出水藍色的可愛內褲。

看見那件內褲，潔諾薇亞和伊莉娜大喊！

「那、那件是愛西亞最喜歡的水藍色內褲！」

「愛西亞，妳要給他那件嗎？」

看來那是她最喜歡的一件！

「住手啊，愛西亞！愛西亞不需要那麼犧牲！喂！龍王！你為什麼想要小褲褲？」

我如此問道！那個傢伙面不改色地開口：

『小褲褲，是寶物。』

——這個我知道！那的確是寶物！非常珍貴的寶物！

「喂，弗栗多！你也是龍王吧！快想想辦法！勸勸這個傢伙好嗎！」

弗栗多先生！拜託你設法處理一下這個熱愛內褲的傢伙吧！

『誰理他。』

馬上置身事外！潔諾薇亞大喊：

「慢著！不需要由愛西亞付出！我的給你！」

伊莉娜則試圖制止潔諾薇亞。

「妳在說什麼，潔諾薇亞！妳的戰鬥服底下不是沒穿內褲嗎！」

「唔……！法夫納！不然我的戰鬥服怎麼樣？」

潔諾薇亞準備脫掉戰鬥服了！潔諾薇亞對愛西亞的友情真是強烈！她一定是覺得與其把愛西亞的內褲給這隻龍，不如犧牲自己吧。

『金髮美少女的小褲褲比較好。本大爺想要內褲修女的寶物。』

「我們家的愛西亞才不是內褲修女！」

我忍不住衝上前去揍法夫納的頭！雖然他完全不受影響！

這個龍王真是不可原諒！居然說我們家的愛西亞是內褲修女！

可惡！莉雅絲是開關公主、愛西亞是內褲修女，這是什麼世界！

巨大的龍詢問長袍男：

『喂，現在是什麼狀況？法夫納是來當我的對手嗎？可以直接開打了吧？』

「不，請你稍等一下。二天龍和他們的同伴可以透過女性的胸部和臀部達成前所未見的進化——現在已經進入準備階段了。接下來才是重頭戲。」

不要回答得那麼認真好嗎！那是什麼充滿期待的台詞！話說他們以為瓦利隊也和我們一樣！別欺負阿爾比恩好嗎！

「給你！」

滿臉通紅的愛西亞，將水藍色的內褲掛在龍的鼻角上。

她的好友潔諾薇亞和伊莉娜看見這一幕，忍不住放聲大哭。

「嗚嗚，愛西亞！妳的覺悟真叫人佩服……！」

「喔，主啊！請祝福自我犧牲的具體表現愛西亞！」

在好友的守護之下，愛西亞完成對龍獻出供品的儀式。

就在這個瞬間——

金黃色的龍用力撐開鼻孔，猛力吸了一大口氣！

他是打算調整呼吸，解放龍之力嗎……？

就在滿心期待的我面前，黃金龍王——

『小愛西亞的小褲褲，嗅嗅。』

居然專心聞起內褲的味道——

「嗅什麼嗅啊————！」

我忍不住吐嘈！我對龍王吐嘈了兩次！

不准你叫「小愛西亞」————！

這個傢伙盡情享受愛西亞掛在鼻角上的小褲褲！根本是當成香包！怎麼會有這種龍！怎麼會有這種變態！

「我嫁不出去了！」

愛西亞終於承受不住羞恥，雙手掩面如此大叫。

『小褲褲，收下了。德萊格，恢復吧！』

法夫納朝我的手甲發出金黃色氣焰。

『嘖！真是丟臉！』

儘管口出怨言，弗栗多還是對法夫納的氣焰做出反應，朝我的手甲發出黑色氣焰。

隔了一拍，手甲的寶玉開始發出原本的赭紅色光輝。

『——……啊！我、我剛才怎麼了？這、這不是搭檔嗎！』

啊啊啊啊啊啊啊，是德萊格！原本的德萊格回來了！

「嗚嗚，你終於回來了，德萊格……為了讓你復活，我們付出的犧牲太大了……！」

愛西亞她……可是失去了內褲和某種重要的東西……！你是因為內褲才能恢復意識的！但是我怎麼能對敏感的德萊格這麼說！我沒辦法對他說出這種話！

我對愛西亞吶喊！

「愛西亞——！妳不會嫁不出去！我會確實負起責任的，妳放心吧！」

愛西亞搗著嘴巴啜泣：

「嗚嗚，一誠先生！小女子不才，還請你多多指教！」

「好，交給我吧！天啊！妳的命運怎麼會這麼坎坷！」

『嗅嗅。』

該死的內褲龍王，居然還在享受香味——！

「就叫你不准嗅了，變態龍王——！」

——不，既然狀況恢復，也該動手了。

「我不會辜負愛西亞的心意！禁手化（balance breaker）！」

『Welsh Dragon Balance Breaker!!!!!!!!』

籠罩全身的赭紅色氣焰逐漸形成鎧甲！

——！禁手化（balance breaker）之後我才察覺，我不需要倒數就能禁手化（balance breaker）！

……是因為受到偉大之紅和奧菲斯的影響嗎？算了，先不研究這個。這樣更好，戰鬥時不會多花時間！

我穿上鎧甲，站到巨大的龍——格倫戴爾面前。

『——！是格倫戴爾……？怎麼搞的？這個傢伙應該遠在我之前就已經遭到消滅了。』

德萊格的聲音顯得頗為驚訝。

『呼哈哈哈，瞧你那落魄的模樣。算了，不管這些。喂！來吧，德萊格。來場久違的廝殺吧？』

巨龍狂妄地揚起大嘴的嘴角。德萊格問道：

『看起來並非和我一樣，靈魂被封印到神器（sacred gear）當中……你到底是怎麼在現世復活的？』

『何必在意那種小事。事情很簡單，現在有我這個強者，也有你這個強者。那麼自然就會廝殺不是嗎！』

格倫戴爾再次壓低身體，擺出準備衝刺的姿勢。

『搭檔，那個傢伙腦裡只有暴力，是隻異常的龍……若是要打就得徹底打倒他。絕對不能對他手下留情。』

沒想到德萊格會說出這種話，可見那隻龍有多麼瘋狂。

聽到德萊格的發言，格倫戴爾高興地說道：

『很敢說嘛，很敢說嘛！還說是什麼天龍！龍沒有天也沒有神也沒有真之分！』

喔喔，真可怕。好驚人的震撼力和壓力，和坦尼大叔雄壯的氣焰完全不同。

『對了，這還是搭檔第一次和傳說級的龍正式對戰吧。』

是啊，雖然和坦尼大叔在山上玩過野外求生，但是沒有經歷賭上生死的真正戰鬥。我們的關係只有修煉。

格倫戴爾說道：

『喂，你們，我改變心意了。我要和德萊格單挑。』

……來這招啊。不過這樣也好。

我……也累積了不少怨氣……！再加上好不容易裝備這身鎧甲，都快忍不住爆發了。

蕾維兒他們的事、襲擊駒王學園的事，總之累積了很多！

「我無所謂。大家願意交給我嗎？」

我如此詢問大家。

會長微笑說道：

「你是我們最強的戰力。我可以代替莉雅絲這麼說嗎？——上吧，一誠！」

這可是送我上戰場最棒的一句話，蒼那會長！

這次妳代替莉雅絲領導我們！請妳在旁邊一直看到最後吧！最後由我來了結！

我展開龍的雙翼，往著前方飛去！

『JET!!』

我從正面高速衝向對手懷中。格倫戴爾見狀愉快笑道：

『喔喔！很不賴嘛——！正面進攻啊！很好很好，這樣就對了！』

格倫戴爾巨大的拳頭朝我飛來！拳頭充滿氣焰的波動，感覺正面中招就會粉身碎骨！我當然不會挨打！

我在空中改變軌道，閃過銳利的拳頭！拳頭明明很大，速度卻很快！不愧是龍王等級！

我衝進他懷中，改變體內的棋子！

『BoostBoostBoostBoostBoostBoostBoostBoostBoostBoostBoost!!』

『龍剛城堡（welsh dragonic rook）——！』

『Change Solid Impact!!!!』

鎧甲的形態變得粗壯厚實，雙手也變化為著重攻擊和防禦的外型。

我順著衝刺的氣勢，以巨大化的拳頭打在那傢伙臉上！我同時利用手肘活塞的撞擊提升攻擊力，以足以打飛對手的力道進攻！

格倫戴爾大幅往後仰，眼看著就要倒下，但是在千鈞一髮之際撐住！

我在著地的同時解除三叉升變版的「城堡」變回普通的鎧甲往後退。

臉部正面挨了一拳的格倫戴爾，摸摸自己的臉頰：

『…………這是怎樣？喂喂喂。』

「——！」

我……感到相當震驚。那可是攻擊特化的三叉升變版「城堡」耶？

我應該結實擊中他了，他卻一副完全沒事的樣子，只有嘴角稍微流出藍色的血。我對他造成的傷害只有那種程度嗎？

格倫戴爾憤怒喘氣，大肆抱怨：

『就這點程度？是因為你的宿主弱到不行吧？之前的你應該強得更誇張吧，德萊格。真是太窩囊了！』

……這下糟了。三叉升變竟然沒用。

『搭檔，變身為真「皇后」吧。那番話我可不能聽過就算。』

是啊，德萊格。說得沒錯。我也還沒幫加斯帕、蕾維兒、小貓他們揍個痛快呢！

我唸出帶有力量的咒文——

「——吾，乃覺醒者，乃揭示王之真理於天之赤龍帝也！胸懷無限的希望與不滅的夢想，追求王道！吾，當成紅龍之帝王──」

要是在這裡輸了，我要怎麼向為了我而消失的前輩交代！

我可不能一直被壓著打！

「將汝導向鮮紅色的光明天道──！」

『Cardinal Crimson Full Drive!!!!』

鮮紅色的耀眼氣焰包裹我的身體，將鎧甲逐漸染成鮮紅色！

看見我的鎧甲變化，格倫戴爾再次放聲大笑：

『鮮紅色？那是怎樣？有意思！太有意思了，德萊格────！顯然比剛才強多了！』

格倫戴爾──衝了過來！好快！一點也不像那副巨軀該有的速度！

他瞬間縮短距離，以銳利的尖爪往下一抓。我高速向後跳開躲過，然後右拳以反擊拳的要領打在他的臉上！

……可惡！剛才我也有這種感覺……剛才那一拳，打擊位置、時機皆屬絕佳。可是好重！好厚！好硬！這個傢伙的防禦力……！

即使打中他也不覺得可以打飛！總之就是又厚又重！感覺鱗片和皮膚就像鋼鐵一樣！

『格倫戴爾的鱗片在已經滅亡的龍當中可以說是最硬的。半調子的攻擊力無法突破他的防禦喔，搭檔。』

「話雖如此，在這裡又不能發射神龍爆擊砲和真紅爆擊砲。」

那兩招的攻擊力雖然高，砲擊規模卻大到足以一口氣轟散周圍的景物。既然不知道這個領域的強度如何，就不能隨便發射。要是胡亂發射，搞不好會讓整個領域消失。

『抱歉，無論如何那兩招都不能用。我才剛恢復，在這種狀況下發射恐怕會失控。』

畢竟真「皇后(queen)」原本就不穩定，不過現在還是需要強力的攻擊。

『搭檔，你忘記左邊手甲收著什麼了嗎？』

經德萊格這麼一說，我才想起來……對喔，還有這個東西。由我拿著這個東西實在太浪費了，但是現在拿出來用也不會有損失吧！

『我要上啦——————！德萊格老弟——————！』

格倫戴爾放聲大喊，用力鼓起腹部！他想吐什麼東西吧！

格倫戴爾從口中吐出——巨大的火球！畢竟火焰是龍的拿手好戲！

我為了閃躲那招，展開翅膀往旁邊飛——但是格倫戴爾已經不知不覺拉近距離出現在前方！這隻龍動作也太快了！

……火焰是假動作嗎！

他對我揮出拳頭！我沒有餘力閃躲！

叩！

巨大的拳頭擊中我的身體！衝擊竄過我的全身……！可惡……好可怕的攻擊力……！明明只是普通的拳頭，威力卻比穿上獅子外衣的塞拉歐格還要強大……！

格倫戴爾舉手向下一揮，將在空中被打得不穩的我往地面搥！

這招擊中我毫無防備的背部，整個人猛力撞在地板上！

……咳喝……！

搥擊的力道和摔在地上的衝擊讓我從面罩吐血！全身上下竄過一陣劇痛！

……他的力量果然很誇張！這、這個傢伙，根本超越龍王的水準……！

『呼哈哈哈哈！變成肉餅吧——！』

視野當中出現一隻大腳朝我落下！他要踩我！別想！

我向旁邊翻滾躲過對手的踩踏攻擊，迅速重整架勢。巨大的對手的踩踏攻擊落空，力道震撼整個領域！

我立刻飛向上空！利用向上飛升的氣勢，我也順勢朝對手的下巴使出踢腿！

『BoostBoostBoostBoostBoostBoostBoostBoostBoostBoostBoostBoost!!』

我奮力將格倫戴爾的下巴往上踢！

這腳徹底擊中，感覺也很不錯……但是還是很硬、很厚！

實在太重了，根本無法踢飛他！這並不只是因為體型高大！防禦力真的很高！可是動作卻很敏捷……！

『龍是最強的生物。其中又屬龍王，甚至龍王之上的存在更是兇惡的強敵。千萬別忘了這一點……尤其是「邪龍」和相近的龍更是兇暴又難纏！』

是啊，我真的覺得你說得沒錯，德萊格！

儘管下巴中了一腳，格倫戴爾還是不以為意地揮出巨大的拳頭！

我將雙手變成粗壯厚實的「龍剛城堡（welsh dragonic rook）」正面接招……但拳頭的力道非常凌厲，我被打到後方的牆上！

……背後受到重創！撞擊造成的痛楚，讓我……呼吸困難！話說打從剛才感受的衝擊，即使透過鎧甲還是很猛烈！

『那傢伙的攻擊力和防禦力都是不同等級！』

就是說啊，德萊格……

接下來我和格倫戴爾展開肉搏戰！那隻龍以不像巨大身軀施展的柔軟動作對我拳打腳踢！不時還會趁隙以尾巴攻擊我的死角，完全無法放鬆！

……只因為是巨人型的龍，動作就這麼多變嗎！體格差距如此顯著！因為對方的攻擊相當沉重，我光是中招就會像小蟲一樣落下！……每中一招，悶痛就會累積在全身。

『太開心了！明明那麼小一隻卻可以和我互毆！真是太好玩了——————！』

巨大的臉充滿狂喜之色，那個傢伙愉快地不斷出招！

……我的拳頭、踢腿、神龍彈都以最佳狀態命中，然而他毫不在乎那些傷害，繼續朝我發動攻擊！

『我們確實有傷到他，搭檔！但是那傢伙……是個腦袋不正常的瘋狂龍族。就連受傷對他而言也是享受！』

……我打從心底感到寒意啊，德萊格……！

塞拉歐格能和這副鎧甲打成平手。曹操則是更上一層樓。

格倫戴爾這傢伙……實力是在什麼程度呢？應該比我更強吧，在某些層面上比曹操還要棘手。比起攻擊命中就能解決的曹操，即使攻擊命中還是沒完沒了的這傢伙，真是越打越讓我不知道該怎麼辦……

但是我一定要對他報以提升到最高極限的凌厲攻擊。一直挨打怎麼能善罷甘休！

我調整呼吸，再次向前衝！配合假動作在空中數次變換軌道，逐漸逼近格倫戴爾！

同時在收納於左邊手甲裡的阿斯卡隆上累積龍之氣焰！

屠龍之力（dragon slayer）——

無論是什麼龍都承受不了這種力量！只要打中他——就是我贏了！

格倫戴爾再次吐出火球——而且是連續發射！有三顆！

我在空中躲過第一顆，第二顆則是在貼近地面的地方以滑翔的方式避開！第三顆——

『呼哈哈哈哈！看招，德萊格——————！』

那傢伙搶在第三顆之前現身，飛到我的上空，從上方吐出火焰！

上方有廣範圍的火焰！剛才吐出來的第三顆火球已經近在眼前！

我在右手凝聚力量，發出大型魔力彈！神龍彈！

來自上方的火焰……只能衝進去了！

在火焰當中突擊……痛毆那個傢伙！

以神龍彈抵銷來自正前方的火球，我直接衝向上空！衝進來自上方的火焰！……龐大的熱能毫不留情地燒灼我的全身！好燙————！沒有鎧甲的話立刻會化成灰燼吧！

『格倫戴爾吐出的火焰顯然比過去強多了！』

但是德萊格！我們得穿越火焰才行！

看見在火焰中挺身前進的我，格倫戴爾打從心底感到欣喜！

『真的假的！你果然太棒了——————！我最喜歡你這種笨蛋了——————————！』

我穿過火焰了——！

「我要連同學弟妹的份，一起奉還——————！」

『BoostBoostBoostBoostBoostBoostBoostBoostBoostBoostBoostBoost!!』

我對準一臉狂喜的格倫戴爾腹部，打出帶有阿斯卡隆的屠龍(dragon slayer)之力的左拳！拳頭也加粗為剛體衝擊拳版！

『Solid Impact Booster!!!!』

咚叩！

低沉鈍重的一擊！這拳打出足以響徹整個領域的撞擊聲。

正面接下這拳的格倫戴爾吐出大量藍血，倒在地板上。巨大的軀體倒下的衝擊，憾動整個領域。

……有打中的手感，也加上屠龍(dragon slayer)之力。這下應該——

……然而眼前出現難以置信的光景。

——格倫戴爾爬了起來。

那個傢伙先是調整呼吸，往地上吐了一口血，然後活動脖子。

加上屠龍劍(dragon slayer)阿斯卡隆之力的「龍剛城堡(welsh dragonic rook)」的攻擊……幾乎無效？

格倫戴爾對著驚訝的我，露出醜陋的笑容：

『痛死了！痛得不得了——————！不過那拳很不錯！呼哈哈哈哈！有趣有趣！就是這

種痛楚讓我感覺自己還活著！接下來才要開始呢！好耶！開始廝殺啦，開始廝殺！來一決勝負吧！看看我和你誰會先粉身碎骨就此沒命吧！德萊格————！』

……這個傢伙居然這麼頑強……！我也不禁冒出冷汗。

這早已超越耐打的程度吧……！到底要打到什麼程度他才會倒下？

『他是欣然接受剛才的傷害又站起來嗎？該死的瘋龍……！』

德萊格也顯得很受不了那個傢伙。

他第三次鼓起腹部！又要吐火嗎？我提高警覺，但是巨龍改變方向——

『不過在那之前我要改變計畫！我決定宰掉你們所有人——！』

然後對著我的夥伴吐出好幾顆特大的火球！

那個傢伙！不是說要單挑嗎？

「唔！」

「沒那麼容易！」

羅絲薇瑟向前站了出來，展開好幾層堅固的防禦魔法陣！

朱乃學姊也展開墮天使的羽翼，製造雷光龍！

「——水啊。」

蒼那會長身上冒出平靜而強大的藍色氣焰，身邊出現水滴，逐漸凝結在一起！蒼那會長以魔力操縱大量的水化為牆壁，擋住我的夥伴。

格倫戴爾的火焰有的被羅絲薇瑟的防禦魔法陣擋下，有的被雷光龍抵消！爆炸和熱能的餘波席捲領域，但是蒼那會長製造的水牆一一加以抵禦！

——！還剩下兩個火球！巨大的火焰聚合體再次襲向大家！

「——那麼我也上吧！法夫納也要做事！」

匙在前方製造黑炎的魔法陣，格倫戴爾的火球飛進魔法陣之中便停在空中。

「消散吧！」

匙接著以弗栗多的特性削弱火焰的威力。黑色的火焰逐漸侵蝕、消除格倫戴爾的火焰。

『保護，小愛西亞。』

法夫納從口中吐出閃耀金色光輝的氣焰，完全消除被匙束縛的火球！喔喔，兩個龍王的合作！

看見法夫納的舉動，我不小心冒出可以把愛西亞交給他保護的念頭，讓我很不甘心！

然後是潔諾薇亞和伊莉娜的搭檔迎擊最後一顆火球——

「我用杜蘭朵分割！」

她搭配天閃和破壞的能力，提升劍速和威力，將暴虐之龍的火焰一刀兩斷！之後順勢以高速斬擊將火球加以切割。即使遭到分割，格倫戴爾的火焰依然不減其勢！

「最後交給我！」

最後是由伊莉娜以變更為冰屬性的量產型聖魔劍將分割的火球全數凍結。

格倫戴爾朝著夥伴發出的火球全部消失！儘管是遭到突襲，我的夥伴依然不容小覷！

不過剛才的行為實在太卑鄙了！

「混帳！你不是說過單挑嗎！為什麼攻擊我的夥伴？」

我如此怒吼，同時一拳打在他的臉上，不過他只是伸手擦去鼻血，揚起大嘴的嘴角，露出惹人厭的笑容：

『抱歉抱歉，因為我太喜歡屠殺了。如果不像那樣適當地殺點人，就無法維持激昂的情緒。不過居然失敗了，你的夥伴也很強嘛——我要殺光他們！毆打！虐待！踩踏！啃碎！最後再燒成黑炭————！』

……他憤怒到了極點！那傢伙的銀色雙眸因為殺意和殺氣露出兇暴的光芒！

格倫戴爾對我——以及所有夥伴散發敵意！

「兵藤！不需要再理會他的單挑宣言！我們所有人一起上！」

會長說得沒錯。既然他做出這種行為，事情當然另當別論。所有人一起打倒他！

「收到！」

……雖然我這麼回答，但是鮮紅色的鎧甲差不多到達極限。這個型態的力量原本就很難保持穩定，再加上德萊格剛復原，感覺撐不了太久……！

『那麼開始第二回合吧，赭紅色的──不對，鮮紅色的龍帝老弟──────！』

就在格倫戴爾展開雙翼，準備衝過來時──

那個傢伙的動作停住了。我立刻知道理由。

──因為格倫戴爾的腳邊，被某種看似黑影的東西包住。

訝異的我看向製造影子──不，是製作出那股黑暗的源頭。

……加斯帕就在那裡，周圍冒出令人毛骨悚然的黑暗。

紅色雙眸發出詭異的光芒，全身無力下垂。

蠢動的黑暗準備撲向格倫戴爾。那就是……加斯帕的隱藏能力嗎……散發的氣焰相當驚人。黑暗進一步擴張，甚至呈現吞噬整個空間的趨勢。

『……那是什麼？算了，總之也可以打倒那個吧？可以吧？厲害的臭小鬼也太多了！真是美好的時代！很有破壞的價值！』

格倫戴爾興奮地接受這個狀況！可惡！真是戰鬥狂！我不能讓你對我的學弟動手！

正當我試圖吸引他的注意，讓他將目標移回我身上時。

「──不，格倫戴爾。請到此為止。看來實驗是成功了，如果木場祐斗也在這裡，應該會是更好的調查，不過已經夠了。」

長袍男出言制止格倫戴爾。

格倫戴爾立刻發出不滿的怒吼：

『別阻止我別阻止我！才要開始，接下來才要開始啊！屠殺才剛要開始！首先要使出能讓彼此興奮到最高點的招式，之後才是重頭戲！讓我盡情打個夠吧！我好不容易可以洗刷當時的悔恨！這次我一定要盡情地、隨心所欲地吞噬、破壞、廝殺！』

……真的是太兇暴了。原來還有這種龍。

我還是第一次看見如此充滿戰意的龍。比較起來瓦利可愛多了！不只是我，他對敵我雙方的所有人都露出敵意和殺意。

但是長袍男對著格倫戴爾冷冷說道：

「——你還想變回屍骸嗎？如今還是調整階段，要是太過逞強……」

聞言的格倫戴爾嘖了一聲，放下高舉的拳頭：

『…………嘖，真是的，說不過你。既然你這麼說，我也只能住手啦。』

……他收起拳頭了。「屍骸」……？什麼意思？調整階段又是什麼？淨是一堆讓我搞不清楚的事……

長袍男的耳邊突然冒出通訊魔法陣。男子傾聽魔法陣傳出的訊息，點了一下頭：

「……好消息，格倫戴爾。我方在白色那邊陷入苦戰，這次我們要過去那邊。」

『喔喔！換阿爾比恩當我的對手啊！太棒了！』

聽到長袍男的話，格倫戴爾再次揚起嘴角。

阿爾比恩？白色的？是瓦利嗎！難道黑歌她們離開我家的理由——

格倫戴爾指著我說道：

『狗屎德萊格、陰鬱的弗栗多，還有內褲混帳，我就和你們玩到這裡了。等下次啦，下次。下次我就會殺掉你們。一次殺掉你們三隻。知道嗎？呼哈哈哈！』

龍門（dragon gate）就此開啟，發出深綠色的光芒籠罩格倫戴爾。

光芒平息之後——巨龍的身影已然消失。

確認巨龍離開之後，長袍男拉開風帽。

露臉的人是個銀髮青年——不過我總覺得好像在哪裡看過那個長相……是在哪裡見過呢……這時一直都很照顧我們的最強「皇后（queen）」的臉浮現我的腦中。

銀髮男子開口：

「我是路基弗古斯。歐幾里得・路基弗古斯。」

——！

路、路、路基弗古斯……？這是怎樣？不對，沒錯！難怪我會覺得他看起來很面熟！他和葛瑞菲雅長得很像！

「你不是頭目吧？那麼到底是誰統整『禍之團（Khaos Brigade）』的殘存分子？」

面對匙的問題，男子只是瞇起眼睛：

「你們總有一天會知道『禍之團（Khaos Brigade）』現任首領的真實身分。」

聽到男子──歐幾里得的說法，會長好像想通什麼：

「……原來如此，入侵這個城鎮，叫來魔法師的人就是你吧？既然是和葛瑞菲雅大人擁有同質氣焰的人，能夠通過結界或許不足為奇。」

歐幾里得聞言冷淡地說道：

「請轉告姊姊，轉告那個淪落為吉蒙里家僕人的葛瑞菲雅．路基弗古斯──如果妳要放棄路基弗古斯的使命自由自在活下去，那麼我也有那個權利。」

……他說姊姊……？那、那麼這傢伙是──

自稱歐幾里得．路基弗古斯的男子消失在轉移魔法陣當中──

──在此同時，失去利用價值的領域也從各個角落開始崩潰。

空間有如缺損的拼圖開始崩塌，露出次元夾縫特有的，有如萬花筒的景象。這裡已經撐不住了。

釋放神祕力量的加斯帕再次倒下。

「這個領域開始崩塌了！我們趕快以轉移魔法陣離開吧！」

在蒼那會長的指示之下，朱乃學姊立刻展開回到那個地下空間的魔法陣。帶著加斯帕的大家聚集到魔法陣中央。

這時蕾維兒在手上製造小型魔法陣，朝著培養槽丟過去。魔法陣命中一個培養槽之後，先是閃耀光芒接著消失。

「……至少讓我這麼做吧。」

她意有所指地唸唸有詞。

「原來如此。是這麼回事啊。」

會長看見她的行動，好像察覺什麼，同樣朝培養槽丟出小型魔法陣。

雖然為了兩人的行動感到訝異，我置身於轉移之光，難掩長袍男的真實身分對我造成的震撼。

……葛瑞菲雅的弟弟，以及早已滅亡的龍……這到底是怎麼回事啊？

接下來會發生什麼事呢？葛瑞菲雅……瑟傑克斯陛下……

New Life.

朝陽正要升起。

結束戰鬥，搶回蕾維兒等人的我們離開那個領域。

回到地面的我癱倒在車站裡。

連續使用轉讓、真「皇后（queen）」等的升格、對抗格倫戴爾之戰，都讓我疲憊不堪。在接受愛西亞的治療之後，我獨自坐在車站休息室的椅子。

會長等人為了事後報告，已經離開車站，正在和工作人員們交談。加斯帕也由救護組帶走，愛西亞他們都陪在他身邊。

加斯帕好像沒有生命危險……不過我第一次看見他的隱藏能力，那個力量相當詭異。阿加身上到底發生了什麼事？

……更誇張的是格倫戴爾的防禦力。屠龍之力（dragon slayer）理應可以分出勝負的。

會長是這麼說的。

「……無法了解他們口中的實驗有什麼真意，但是那個格倫戴爾……承受得住屠龍之力（dragon slayer）。他的防禦力肯定不同凡響——然而他恐怕是得到某種外來的力量。再怎麼說，正面承受穿上鮮紅鎧甲的一誠使出的屠龍之力（dragon slayer）卻只有那點損傷，實在另人無法理解。」

難道他得到對屠龍之力（dragon slayer）的抗性？辦得到這種事嗎？

既然德萊格也復原了，或許該依照莉雅絲和木場的提議，正式開始開發附加屠龍之力（dragon slayer）的神龍爆擊砲或是真紅爆擊砲吧……我需要足以擊倒那隻兇暴之龍的招式——

還有那些傢伙的「實驗」。菲尼克斯只是順便，真正目的是讓格倫戴爾和我們交手。

然後把那個傢伙帶過來的——是路基弗古斯。他自稱是葛瑞菲雅的弟弟。的確……長相有點相似，拉開風帽之後散發的氣焰質性也相同。若是擁有那種氣焰，想要進入這裡，叫來魔法師也不是難事。

結果我們還是無法帶回那個領域的「冒牌不死鳥的眼淚」製造裝置的相關內容。看來只能從抓到的魔法師口中問出情報了。

……莉雅絲不在時，發生了非常不得了的事。接下來還有吸血鬼的問題，以及和魔法師簽約的問題等著我們……

「禍之團（Khaos Brigade）」再度擋在我們的面前——

我仰望天花板。

夏爾巴、曹操……這次是路基弗古斯和理應滅亡的傳說之龍啊。

「一誠大人……我買了茶過來。」

蕾維兒給了我一罐茶，大概是從自動販賣機買來的吧。小貓也在她的身邊。

我接過茶，蕾維兒和小貓在我身旁坐下。

短暫的寂靜之後，蕾維兒開口：

「……我無法原諒。」

她的語氣相當堅定，眼睛炯炯有神，看起來一點也不像剛才還在離群魔法師建立的「工廠」當中目睹慘狀而哭泣的蕾維兒。

「我絕對不會原諒那種事。」

小貓牽起蕾維兒的手：

「……我也是。所以蕾維兒，妳要加油。」

小貓露出笑容留下這句話，就此離開。

蕾維兒隨即紅著臉說道：

「……一誠大人，我可以告訴你一些往事嗎？」

然後下定決心開口：

「小時候聽著執事唸給我聽的各種英雄故事，我總是興奮不已。在我幼小的心靈中一直有個夢想，就是想要成為支持英雄的女孩子。但是在我成長的過程當中，不知不覺間淡忘這件事……」

蕾維兒直直看著我：

「但是這個夢想忽然甦醒了。看見一誠大人為了主人──為了自己喜歡的人對抗萊薩哥哥，我小時候的夢想逐漸甦醒……回過神來，我已經將一誠大人的事調查到鉅細靡遺。直率、好色、忠於欲望，卻又滿腔熱血，比任何人還要為夥伴著想，朝著自己的夢想向前猛衝。你的模樣，充滿我的身邊──在上流階級看不見的光輝。」

我……充滿光輝？蕾維兒繼續說下去：

「──我想待在一誠大人身邊，看著你的夢想。真的只是因為一點小契機而懷抱的夢想。是我自私的幻想……來到這裡也只是我的自以為是……可是陛下任命我擔任一誠大人的經紀人時，我真的好高興……如果可以，未來我也想一直在你身邊工作……」

可是我在駒王學園沒能救她耶……？

「……我在駒王學園沒能保護妳。」

悔恨不已的我，拳頭不住顫抖。但是蕾維兒搖搖頭：

「你來救我了。一誠大人為了救我們，甚至不惜和那麼大的龍戰鬥。我沒事，我還活著──而且一直相信你。」

蕾維兒拉起我的手，露出耀眼的笑容：

「——我一直相信，我的英雄一定會來救我。我好高興，很想告訴你這件事……」

……蕾維兒，妳就這麼信任我……

我真的很高興。如果她可以永遠跟在我身邊，不知道該有多好。如果她願意一直當我的經紀人，不知道對我有多大的助益。

我認真地說道：

「——蕾維兒。我會變得更強……我的目標又變得更多——如果妳願意，今後可以也一直一直當我的經紀人嗎？」

「我的野心是和你一起經營事業！」

真是敢說。正因為如此，這個嬌小的女孩才會這麼可靠。

「好，我知道了。如果妳願意輔佐沒腦袋的我，可是一大助力。不過現在要先做的，是教訓那些瞧不起菲尼克斯的傢伙！怎麼可以容許那種『工廠』存在呢！」

「是的！我也不會白白受苦！」

蕾維兒從懷中拿出一張紙條，上面畫了好幾個魔法陣和魔術文字：

「這些是寫在那個領域裡的培養槽和周邊機器的魔術文字，還有他們調查我時展開的魔法陣的形式和紋章。我和小貓同學互相確認過了，不會有錯。」

……畫得非常詳細，就連術式上面的魔術文字都寫得非常詳細。蕾維兒只看過一次就記得這麼清楚嗎？

蕾維兒露出強勢的笑容說道：

「這些魔術文字和魔法陣，我已經交給常駐在這個區域的冥界與天界工作人員，之後也會傳送到菲尼克斯家。光是透過這些情報就可以知道很多事。我們菲尼克斯家一定會徹底追究這件事，查清他們打算拿冒牌『眼淚』做什麼！還有那個領域崩潰之後，裡面的培養槽等器材說不定會在次元夾縫之中漂流。最後一刻，我和蒼那小姐以魔力在上面進行標記，只要那些東西還存在，就可以依循我和西迪的魔力探索次元夾縫，找到那些東西的下落。這件事情我也告訴冥界的調查小組了。即使得花上不少時間，還是能夠盡可能取得有關他們的情報——我要讓他們知道，抓了我算他們倒楣！」

在傳送離開那個領域時，蕾維兒和會長的小形魔法陣原來是用來標記啊。在緊急的狀況之下，直到最後一刻還可以顧及那麼多事，這個女孩和蒼那會長果然厲害！

「禍之團（Khaos Brigade）」和「離群」的魔法師大概還不知道吧。

這個女孩是擁有不死之身的菲尼克斯——

精神也越來越強韌，變得近乎不死——

抓住蕾維兒，反而會讓他們付出很大的代價吧。

不久之後，萊薩也趕到了。

「蕾維兒！妳沒事吧？過來這邊花了不少工夫，不過我也帶著眷屬來支援……妳說什麼？事、事情已經結束了？」

看來他在接獲報告之後很擔心蕾維兒。

真是的，蕾維兒有個好哥哥呢！

Romania.

我——阿撒塞勒進入吸血鬼的領域。

來到羅馬尼亞之後，我們租車沿著崎嶇的山路行駛。未經鋪設的路面凹凹凸凸，車不時就會上下跳動。

霧也十分濃密。不過在進入這裡時，卡蜜拉派的吸血鬼主動接觸我們，給我們地圖。

同車的莉雅絲他們會在途中下車。我要到卡蜜拉派那邊，莉雅絲和木場則是去弗拉迪家。我們會先一起移動到他們的目的地，在和卡蜜拉派談完之後，我也會去和他們會合。希望事情不會麻煩到需要找來一誠他們……

對了，我交給她的法夫納，愛西亞不知道處理得怎麼樣了。儘管有奧菲斯當中間人，但是我真沒想到她可以和龍王級的對象締結契約。那個傢伙使役魔物——不對，使役龍的才能變得越來越強大，值得敬畏。

……雷誠、奧菲斯、法夫納。怎麼想都覺得她一定是具備某種天生的能力，可以抓住龍的心。來到日本沒多久就遇見一誠，或許也是必然吧。

——我看向後照鏡，莉雅絲似乎在沉思什麼。

我對坐在後座的莉雅絲說道：

「妳還是很擔心留在日本的男朋友嗎？」

「……說不擔心是騙人的。他……不，愛著他的那些女孩對他的攻勢比我還要大膽。」

「妳的丈夫未來也會惹來許多風波吧。」

「我早已有所覺悟。可是既然決定要愛他，我就會接受一切。」

我試著調侃莉雅絲，但她只是淡然回答。喔喔，越來越有正宮的架勢了。拿丈夫兩個字捉弄她也毫不動搖。不過正如大家所知，他們的確是對很登對的夫妻。

「……再過十五分鐘左右，就會抵達和吸血鬼陣營的當地工作人員會合的地方。」

坐在副駕駛座的木場攤開地圖，緊盯惡魔專用的指南針。

莉雅絲突然發問：

「曹操怎麼了？昨天你接到聯絡了吧？」

啊啊，這件事啊。我在昨晚接獲帝釋天那傢伙的事後報告。

「英雄派的曹操、格奧爾克、李奧納多等神滅具(longinus)持有者都遭到因陀羅懲罰。因陀羅說他只沒收長槍，就把他們送到黑帝斯那裡。」

不過他不願意將聖槍交給我們。絕霧(dimension lost)和魔獸創造(annihilation maker)大概也在帝釋天那傢伙手上吧。

形式上，最後是那傢伙收拾了英雄派。自己明明協助他們，一直利用他們到最後一刻，到頭來甚至給了他拿走神滅具（longinus）的理由。

『既然帝釋天懲罰英雄派，暫時由他保管神滅具（longinus）也無可厚非。』

真是個絕妙的藉口。這樣我們也很難抗議。我們在抓到海克力士和貞德之後，姑且是讓他們供出和帝釋天有掛勾……但這點能對那個狡猾的天帝產生多大的作用，還很難說。

……可惡，解決他們的可是新生代惡魔啊。

居然在最後一刻把好處占盡！

「……立志成為非人者之毒的傢伙去了冥府啊。」

木場唸唸有詞。

我回想起因陀羅的聲音。他特別提到曹操。

『ＨＡＨＡＨＡ，那個小子犯下的最大錯誤，就是沒清楚決定自己想成為什麼卻一直行動。如果想維持人類身分窮究強者之路，就不應該依賴梅杜莎之眼那種東西。自稱英雄又無法貫徹始終，才會造成反效果。最後害死他的就是那隻眼睛。很好笑吧？你就嘲笑他吧。那個傢伙到最後變成小丑。』

是啊，如果他能貫徹人類身分到最後，或許聖槍也會回應他的意志，將力量借給他吧。

寄宿在長槍上的「聖經之神的遺志」認為「與其實現宿主的野心，既是惡魔又是龍的赤龍帝的夢想還比較好」的那一刻，一切就已經結束。

『——驅除怪物的是人類的英雄。不是人類的庸俗小鬼，根本成不了大器。』

關於這點他也說得沒錯。既然連因陀羅都這麼說，曹操也到此為止了吧。

不過曹操和一誠一樣都還年輕，想要變成大人物也是因為年輕吧。天帝大人啊，那名年輕人之所以擁有想當英雄的心願，也是你煽動他的吧？

天帝接著又在通訊中對我說道：

『不過在我看來，明明是惡魔卻自稱英雄的「胸部龍」也是小丑喔？惡魔怎麼能當英雄呢。矇騙人類、暗中統治他們才是惡魔的本意吧？無論表面上把話說得多漂亮，阿撒帶領的新生代依然是利用人類才能活下去，邪惡又陰險的「惡魔」啊？無論再怎麼前進，距離英雄還是非常遙遠——只是在玩耍罷了。』

……我無法完全否定他的發言。

但是就算是惡魔——就算是冥界，也已經開始改變了。繼續維持舊體制的惡魔世界，難逃崩潰的命運。

不過，煽動他想當英雄的心願嗎……或許我也在做同樣的事……

莉雅絲詢問我：

「帝釋天到底想怎樣？放任曹操妄為、間接煽動黑帝斯，為各勢力帶來混亂的戰神。阿撒塞勒問過他真正的意圖嗎？」

「有啊，那個傢伙說他想要能夠對抗破壞之神濕婆的人才。他一心認為戰亂可以製造更上一層樓的強者。」

……事實上，這番說詞有幾分是真相也很難說……但是為了勝過濕婆，那個因陀羅確實什麼事都做得出來。

——這時我接到通訊用魔法陣。魔法陣自動在我耳邊展開之後，單方面傳出情報。這是用於定期聯絡，之後我會進行正式的雙向通訊。

——！聽見情報……我不禁懷疑自己的耳朵。

「……格倫戴爾……還有路基弗古斯……？」

……這是怎樣，發生什麼事了……？日本那邊又發生了莫名其妙的事！

格倫戴爾？那個傢伙早就滅亡了吧？而且「禍之團（Khaos Brigade）」又出現了？

一連串的狀況在我腦中盤旋。

得到聖杯的吸血鬼、離群魔法師、重新編組的「禍之團（Khaos Brigade）」、出現在瓦利調查行動的目的地的「禍之團（Khaos Brigade）」成員、路基弗古斯的倖存者、理應滅亡的傳說之龍現身。

……這些其實全部都有關聯？否則一切的時機也太剛好了。這種狀況怎麼想都是一連串的必然。

如果這些全都串聯在一起……情況想必十分棘手……！

還有歐幾里得．路基弗古斯——

之前我曾經看過相關資料。

過去發生的惡魔內亂——以瑟傑克斯為首的反政府派與舊政府之間的內部抗爭。當時葛瑞菲雅的親弟弟在失蹤之後，生死未卜。那就是歐幾里得．路基弗古斯。官方資料認為他已經死亡，我也聽葛瑞菲雅自己說過弟弟恐怕已經不在世上。

然而那個傢伙其實還活著，而且統整那個組織……？

不，即使他有能力，要指揮那些無賴——帶領那些瘋狂傢伙，還是缺乏一樣東西。

領袖魅力——

即使沒有奧菲斯那麼有名，他們還是需要具有相當風範的首領。

路基弗古斯打從誕生以來，一直隨侍在上位者身邊。我不認為歐幾里得會是新領袖。

……幕後指使者是誰？

能夠在短時間內統整「禍之團（Khaos Brigade）」的中心人物到底是哪個傢伙？

利用他們搶走的奧菲斯之力，創造新的奧菲斯？固然有這個可能，即使是這樣，還是得有個足以控制他，難以撼動的強者。這個難以撼動的強者，就是這次的幕後指使者。

黑帝斯、帝釋天……應該都不可能。前者要是再搞出這種問題，這次肯定會遭到主神宙斯放逐。至於後者……因陀羅的目的終究只是未來對抗濕婆之戰。

他們或許會暗中策劃什麼，但是站出來當恐怖分子的頭目應該沒有什麼好處。

受到各陣營排擠的人聚在一起，對各勢力抱持憎惡，這就是「禍之團（Khaos Brigade）」——

會站在這群人上頭的，只有被當成傀儡的純真強者，或是瘋狂至極的混帳吧。

我拍拍自己的膝蓋，排解糾結在心中的思緒。

「禍之團（Khaos Brigade）」——

各勢力對當前體制有所不滿的人們聚集而成的恐怖分子組織。

實際指揮那些人的首領一再更迭。

舊魔王派的夏爾巴·別西卜、英雄派的曹操——

即使失去奧菲斯，他們仍然在運作——

無論內在經過多少改變，「禍之團（Khaos Brigade）」這個組織一直都擋在我們前面。再怎麼打擊他們，組織本身還是持續運作——

……還是先想想今後該怎麼做吧。

「莉雅絲、木場，事情好像變得很麻煩了。」

我在遮蔽去路的濃霧中開車，同時告訴他們兩個在日本發生了什麼事，還有接下來該如何應對——

後記

好久不見。我在寫到這邊時遇上一連串事件，先是感冒遲遲無法痊癒，導致喉嚨發炎痛苦不堪↓肩膀用力撞上電車門導致鎖骨裂開↓因為帶狀皰疹被醫生說不准工作……啊啊，真是慘到極點。

第四章終於正式開始了！由於是新的篇章，這本第十四集就是開頭的第一本。這次依然是走有情色有熱血的少年漫畫風格。

因為第十二集的劇情發展比較高潮迭起，於是這集的前半就先描寫大家的日常生活，同時推展設定、世界觀，後半則是和平常一樣開始戰鬥。

第四章將會開始描述魔法師和吸血鬼的故事。關於魔法師和吸血鬼在之前的部分都未曾詳述，所以在這集裡進行正式的說明。

不過一誠他們在最後的最後遭受到始料未及的襲擊。這次的敵對勢力似乎還是很棘手。一再失去統率者，這次的「禍之團(Khaos Brigade)」在無法抑制基層人員的失控狀態起步。新的統率者……

之後會登場。

這次是吉蒙里眷屬的女性成員和西迪眷屬大放異彩的故事。這樣的安排一方面是想讓上一集沒什麼表現的神祕學研究社好好發揮，一方面也是想試著把他們和西迪眷屬組成一支隊伍。作者偶爾也想試著用蒼那來當「國王(king)」。

修煉中的莉雅絲和小貓在下一集之後才會有所表現。她們在這集裡開始研究必殺技，希望不久之後就可以施展給讀者見識。

在第四章當中，我想多多著墨在潔諾薇亞、伊莉娜、蕾維兒、羅絲薇瑟等之前比較沒有戲份的女性角色身上。這集先從蕾維兒開始。最後結尾很像兩人互約終身，不過一誠和蕾維兒對彼此而言都是很好的合作夥伴吧。話說回來，蕾維兒真是個堅強的女孩。

那麼今後作者也打算寫出以潔諾薇亞她們為主的內容，不過下一集應該是以加斯帕為主吧。就連木場都有三集是以他為中心，只有阿加一個人沒有實在太可憐了，所以作者想趁這個機會寫出以他為主的故事。

關於其他事項。

・西迪眷屬的補充成員，新的「城堡(rook)」和「騎士(knight)」！他們兩個基本上和其他西迪眷屬一樣都是配角，還請大家多多愛護。今後他們應該也會經常和學生會一起露臉。關於那名「城堡」(rook)，知道的人或許從名字就看得出是誰吧。

・西迪陣營的蘿莉「死神」(grim reaper)班妮雅！或許是某鋼〇W小說中的魔法師(warlock)對我的內心引發什麼影響吧。

・劇中西迪眷屬使用的人工神器(sacred gear)有些沒有提到名稱，在此介紹一下。「主教」(bishop)花戒的結界系神器(sacred gear)「剎那的絕園」(applause wall)能夠瞬間發動障壁結界。同為「主教」(bishop)的草下擁有的則是諜報、搜索系神器(sacred gear)「怪人們的化妝舞會」(scouting persona)，「士兵」(pawn)仁村的近距離戰鬥裝備系神器(sacred gear)是「玉兔與嫦娥」(procellarum phantom)。這些都是人工神器(sacred gear)，所以命名者都是阿撒塞勒老師。

・戰鬥的最後，匙以龍脈連接一誠和所有戰鬥成員，應該會有讀者覺得「大家在戰鬥中到處移動，龍脈會纏在一起吧？」不過這種時候龍脈即使互相接觸也不會彼此影響。我早就想好這個藉口了。

・小褲褲龍法夫納登場！之前默默跟著阿撒塞勒的龍王在和愛西亞締結契約之後正式登場。各位如果在動畫版當中看見老師穿上鎧甲可以吐嘈「啊，是內褲鎧甲！」是最好的。

・接著是奧菲斯。因為是兵藤家的吉祥物，所以躲在衣櫥裡面。

・劇中揭露前龍王坦尼是梅菲斯托・費勒斯的「皇后」(queen)這個事實，但是梅菲斯托本人對棋子價值和惡魔棋子(evil piece)系統本身都沒什麼興趣，只是一時興起把棋子交給坦尼。故意讓偉大的

「龍王」變成「皇后」顯示風趣的一面。

・邪龍之類的設定感覺很像後來追加的！我想閱讀到現在的各位或許會這麼覺得，其實這些都是把原本以為不會用到的隱藏設定稍加修改之後拿出來用。因為我也沒想到這個系列可以持續到現在……不過各位請放心，即使濕婆篇無法實現，第四章也會妥善收尾。第四章的最後結局已經想好了。如果有辦法寫到濕婆篇，也請大家當作是番外篇。終歸一句話，接下來會怎麼走，端看各位的支持與否……但是我會繼續邁進。

・每一集的後記都像這樣廢話連篇，不知道各位看了會不會覺得很無聊？

以下是答謝的部分。

みやま零老師、責編H先生，感謝兩位一直多方關照！

好消息！動畫決定要製作第二季了！由於第一季獲得原作書迷以及新加入的觀眾大力支持，才會有這樣的結果。潔諾薇亞和阿加終於要出場了！

製作人員和第一季完全一樣，請各位放心。而我在第二季當中也很冒昧的像第一季一樣透過製作會議等方式參與，也因為這樣工作快要忙不過來了！可是為了讓更多觀眾看得開心，我會繼續努力！

還有潔諾薇亞她們應該會先一步在漫畫版登場，那邊也請大家多多支持。

下一集是加斯帕篇！原本是這麼打算，但是第十五集將會稍微提到之前在劇中未曾提及的故事。因為在和責任編輯先生開會的過程當中，雙方開始覺得「趁這個機會提一下比較好」所以就這麼決定。話說以時機來說，大概也只剩下這裡可以塞了。

第十五集會有附贈動畫版第十四話ＢＤ的限定版。動畫第十四話的原案也和第十三話一樣由我負責。

就是這樣，請大家好好期待本篇的第四章和動畫版第二季！

Kadokawa Light Novels

KAGEROU DAZE陽炎眩亂 1~2 待續

Kadokawa Fantastic Novels

作者：じん（自然の敵P）　插畫：しづ

來自NICONICO動畫超人氣VOCALOID樂曲
原創作者じん（自然の敵P）的原創小說，第二彈！

樂曲相關動畫播放數超過千萬的創作者じん（自然の敵P）親自創作的原創小說！串連所有相關樂曲的故事首次揭曉，引來更深的「謎團」！——這一切都是發生在八月十四日、十五日的事。全新感覺的燦爛青春娛樂小說！

台灣角川

各 **NT$200/HK$60**

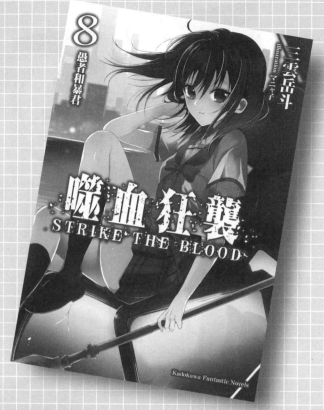

國家圖書館出版品預行編目資料

惡魔高校DxD. 14, 進路輔導的魔法師 / 石踏一榮
作 ; kazano譯. -- 初版. -- 臺北市 : 臺灣角
川, 2014.05
面 ; 公分
譯自 : ハイスクールD×D. 14, 進路指導のウィ
ザード
ISBN 978-986-325-939-8(平裝)

861.57 103006091

Kadokawa
Fantastic
Novels

惡魔高校D×D 14
進路輔導的魔法師

（原著名：ハイスクールD×D14 進路指導のウィザード）

2014年5月21日　初版第1刷發行

作　者：石踏一榮
插　畫：みやま零
譯　者：kazano

發 行 人：塚本進
總　監：施性吉
副總編輯：蔡佩芬
主　編：吳欣怡
文字編輯：楊鎮遠
美術副總編：黃珮君
美術主編：許景舜
美術編輯：黃永漢
印　務：李明修（主任）、張加恩、黎宇凡、張則蝶

發 行 所：台灣角川股份有限公司
地　址：105台北市光復北路11巷44號5樓
電　話：（02）2747-2433
傳　真：（02）2747-2558
網　址：http://www.kadokawa.com.tw
劃撥帳戶：台灣角川股份有限公司
劃撥帳號：19487412
法律顧問：寰瀛法律事務所
製　版：尚騰製版印刷有限公司
ISBN：978-986-325-939-8
香港代理：香港角川有限公司
地　址：香港新界葵涌興芳路223號
新都會廣場第2座17樓 1701-02A室
電　話：（852）3653-2804